Otto Luitpold Jiriczek

Die Deutsche Heldensage

Otto Luitpold Jiriczek

Die Deutsche Heldensage

ISBN/EAN: 9783741172762

Hergestellt in Europa, USA, Kanada, Australien, Japan

Cover: Foto ©Andreas Hilbeck / pixelio.de

Manufactured and distributed by brebook publishing software (www.brebook.com)

Otto Luitpold Jiriczek

Die Deutsche Heldensage

Sammlung Göschen

Die
deutsche Heldensage

von

Dr. Otto Luitpold Jiriczek

Docent a. d. Universität Breslau

Zweite vermehrte und verbesserte Auflage

Mit 3 Tafeln

Leipzig
G. J. Göschen'sche Verlagshandlung
1897.

Wichtigste Gesamt-Litteratur.

W. Grimm, Die deutsche Heldensage. (Göttingen 1829. Berlin 1867[2]. Gütersloh 1889[3]).

L. Uhland, Schriften zur Geschichte der Dichtung und Sage. Bd. I., VII., VIII. Stuttgart 1865, 1868, 1873.

A. Raßmann, Die deutsche Heldensage. 2 Bände. Hannover 1857/8[1], 1863[2].

W. Müller, Mythologie d. deutsch. Heldensage. Heilbronn 1886.

B. Sijmons, Heldensage, in Pauls Grundriß der germ. Philologie II. Bd. 1. Abt. S. 1—64. Straßburg 1893.

R. Kögel, Geschichte der deutschen Litteratur bis zum Ausgange d. Mittelalters, I. Bd. 1 Teil, S. 1—175, Straßburg 1894.

Einzellitteratur, aus der besonders K. Müllenhoffs Arbeiten als grundlegend hervorzuheben sind, verzeichnen W. Müller und Sijmons.

Druck von Carl Rembold in Heilbronn.

Inhalt.

Urſprung der deutſchen Heldenſage.

1. Dichtung der älteſten Zeit.

Heldenſage und Heldenſang ſind ſo enge miteinander
verbunden, daß eine Darſtellung der Entſtehung und Entwicklung der Heldenſage mit jener des Heldenſanges zuſammenfällt.
Von den älteſten Nachrichten über germaniſche Dichtung¹) muß
daher ausgegangen werden, will man den Anfängen der Heldenſage nahe kommen. In dem wichtigſten Quellenwerke für unſere
Kenntnis der germaniſchen Urzeit, der Germania des Tacitus
geſchrieben 98 n. Chr., werden Lieder mythiſchen Inhaltes erwähnt; über hiſtoriſche Lieder giebt eine Stelle der Annalen
desſelben Autors Nachricht, nach der Arminius noch zu des
Verfaſſers Zeiten, alſo faſt hundert Jahre nach ſeinem Tode,
in Liedern beſungen worden ſei. Dieſes Zeugnis iſt jedoch
für die Geſchichte der Heldenſage kaum verwendbar; wir wiſſen
nichts vom Inhalt jener Lieder, die rein hiſtoriſch geweſen
ſein können, und was uns aus ſpäteren Quellen und Zeugniſſen über den Stil ſolcher Dichtungen bekannt iſt, ſchließt
einen epiſchen Heldengeſang aus.

Die älteſte germaniſche Poeſie war choriſch, wurde

---

¹) Vergl. Samml. Göſchen Nr. 31: Geſchichte der deutſchen Litt. I, 1.

von der Gesamtheit gesungen, und der Gesang war von einer
geregelten Handlung begleitet; die Lieder waren strophisch und
der Stil hymnisch. Solche alte Lieder sind uns nicht erhalten,
aber wir können uns aus dem Fortleben des strophischen Stiles
bei den Skandinaviern (den Eddagedichten), in deren Poesie
der hymnische Stil sich zum Teile noch erhalten hat, und noch
besser aus Vergleichen mit der auf gleicher Stufe stehenden
Poesie der verwandten arischen Völker, zum Beispiel den
vedischen Hymnen der Inder, eine Vorstellung von dem Charakter dieser Lieder machen. Die metrisch-stilistische Form,
vor allem aber der Vortrag durch einen Chor, der außerdem
eine rhythmische Bewegung dabei zu vollführen hatte, schließen
sowohl Länge als epische Erzählungsweise der Lieder aus.
Es waren Lob- und Preislieder, verherrlichenden, nicht erzählenden Inhalts.

Aber ein episches Element fehlte nicht; wenn
in den vedischen Hymnen Indra gepriesen oder angerufen
wird, so fehlt selten ein Hinweis auf die Thaten des Gottes,
einen Gewitterkampf oder ähnliches; es ist keine epische Erzählung, wohl aber der Keim einer solchen. Auch germanische
Quellen bieten hiefür Zeugnisse. Als Beowulfs Leiche verbrannt
worden war, da ritten, so heißt es im angelsächsischen Epos
Beowulf, zwölf seiner Helden um den Hügel, in dem die
Reste beigesetzt worden waren, und sangen, daß er gewesen
wäre der mildeste und freundlichste Herr, seinen Mannen der
holdeste, und bedacht, sich Lob zu erwerben. Und durch den
gotischen Geschichtschreiber Jordanes ist uns ein Bericht über
die Totenfeier Attilas (durch ostgotische Edle) erhalten, der
uns den Inhalt der Totenklage noch ausführlicher bewahrt hat;
um den im Freien prunkvoll aufgebahrten Leichnam reiten
die Mannen und singen, welch mächtiger Fürst Attila gewesen,

daß ihm Skythien und Germanien gedient, Rom zitternd
Tribut geleiſtet hätte, und nun ſei er keiner Wunde erlegen,
ſondern mitten im Glücke und in der Freude ſchmerzlos ge-
ſchieden. In beiden Zeugniſſen haben wir Chorgeſang und
Handlung (Umreiten des Leichnams), und aus beiden geht der
lobpreiſende Charakter des Liedes hervor; in beiden aber ſind
auch ſchon die epiſchen Anſätze erkennbar, zunächſt allerdings
keine Erzählung der Thaten, aber eine mehr oder minder
ausführliche Anſpielung auf ſie.

Aus dieſen Keimen entwickelt ſich die e p i ſ ch e Er-
z ä h l u n g; ſie wird erſt möglich durch das Aufkommen des
Einzelgeſanges und das Aufgeben der ſtrophiſchen Gliederung,
an deren Stelle fortlaufende Verſe treten; erſt jetzt kann ſich
ein epiſcher Stil entwickeln, deſſen ruhige breitere Darſtellungs-
weiſe ſich zum Träger einer fortlaufenden Erzählung allein
eignet, während der ſprunghafte, hymniſch-lyriſche Charakter
der alten Strophen- und Chorpoeſie eine ſolche ausſchloß;
erzählen kann nur ein einzelner, nicht ein Chorus. Wann
dieſe Fortentwicklung eintrat, iſt nicht zu beſtimmen, man irrt
aber ſchwerlich, wenn man ſie in das Zeitalter der Völkerwanderung ſetzt; unſere Zeugniſſe für Einzelgeſang ſtammen
alle erſt aus dieſer Zeit, und innere Gründe beſtätigen dieſe
Annahme. Die Ausbildung des epiſchen Stiles ſetzt das
Bedürfnis voraus, epiſche Stoffe zu behandeln, dieſe aber
ſind bei den Süd- und Oſtgermanen eine Bildung der Völkerwanderungszeit. Die Nordgermanen, die in ihren alten Sitzen
verblieben und nicht der Befruchtung der Phantaſie durch die
wechſelvollen Schickſale und Thaten einer ſolchen Wanderzeit
teilhaft wurden, haben es auch zu keinem Epos gebracht;
die Eddalieder ſind, wie bemerkt, ſtrophiſch und im Stile eher
der alten hymniſchen Lyrik als einem Epos zu vergleichen.

Bei keinem Volke beginnt die Epik mit einem Epos,
Einzellieder episodischen Inhalts bilden den Anfang; so auch
bei den Germanen. Bei frohem Mahle ging die Zither von
Hand zu Hand; wohl gab es Berufssänger, aber Könige und
Edle übten nicht minder die Sanges= und Dichtkunst; bekannt
ist die rührende Erzählung von Gelimer.¹) Die Umstände
schlossen bei solchen Festen ein langes Epos aus, es waren
kurze epische Lieder, die „gesagt und gesungen" d. h. re=
citierend unter Begleitung von Zither und Harfe (später wird
die Fiedel erwähnt) vorgetragen wurden; Beispiele solcher
Einzellieder gewähren das Hildebrandslied, und namentlich
die im ags. Epos Beowulf eingestreuten Episoden, in denen
direkt oder inhaltlich Lieder von Sigmund dem Wälsung, von
Finnsburgs Erstürmung 2c., als Vorträge bei frohem Gelage
angeführt werden.

---

¹) Als das Vandalenheer von den Byzantinern geschlagen worden war
flüchtete König Gelimer zu den Maurusiern. Belisarius folgte ihm nach und
schloß ihn in Numidien auf einem kleinen Berge ein. So wurde nun Gelimer
mitten im Winter hart belagert und litt an allem Lebensunterhalt Mangel.
Da schrieb der Vandalenkönig einen Brief an Pharas, Hüter des griechischen
Heeres, und bat um drei Dinge: eine Laute, ein Brot und einen Schwamm.
Pharas fragte den Boten: warum das? Der Bote antwortete: „Das Brot
will Gelimer essen, weil er keines gesehen, seit er auf dieses Gebirge stieg;
mit dem Schwamm will er seine roten Augen waschen, die er die Zeit über
nicht gewaschen hat; auf der Laute will er ein Lied spielen und seinen Jammer
beweinen." Pharas erbarmte sich des Königs und sandte ihm die Bedürfnisse.
(Brüder Grimm, Deutsche Sagen.)

2. Stoffe des epischen Helbenfanges.

Den Stoff zu diesen epischen Liedern boten „die Thaten der Vorfahren", die Helden des eigenen Volkes, aber auch die verwandter Stämme; so wurde bei den Bayern und Sachsen auch der Langobardenkönig Alboin besungen, so ist der Held des angelsächsischen Epos, Beowulf, ein Skandinave (Gaute oder Jüte). Neben den historischen Helden aber bildeten mythische Heroen einen Hauptbestandteil der Stoffe. Die Stämme, bei denen der Helbensang am frühesten blühte, die Goten, Vandalen 2c. waren zur Zeit der Völkerwanderung bereits Christen; die Annahme des christlichen Glaubens wie auch die Entfernung von den alten Kultstätten, die ein Verblassen der mythologischen Erinnerungen und Erzählungen mit sich führte, waren der Bewahrung heidnischer Mythen beide gleich ungünstig; eigentliche Göttermythen dürfen daher nur aus= nahmsweise in der Sage gesucht werden. Was aber durch das Christentum nicht vernichtet werden konnte, das war die mythenbildende Phantasie und Geistesanlage; aus derselben Wurzel, der Natursymbolik, der in heidnischer Zeit zahlreiche Göttermythen entsprossen, erblühte auch der Heroenmythus; Siegfried, Beowulf sind keine vermenschlichten Götter, sondern mythische Neubildungen, die von ihnen erzählten Mythen sind den Göttermythen durch gleichartigen Ursprung verwandt, nicht aber aus ihnen entstanden.

Die einzelnen Sagenstoffe bilden von Anfang an so wenig eine große zusammenhängende Helbensage, als die Einzellieder ein Epos. Von derselben historischen oder mythischen Persönlich= keit gehen verschiedene Erzählungen, sie verbinden

sich durch die Einheit des Trägers der Sage mit
einander; fremde Sagen schließen sich durch Namengleichheit
oder -Aehnlichkeit oder aus sonstigen Motiven an; so gruppie-
ren sich um Dietrich von Bern einzelne Sagen, die allmählich
mit einander in Zusammenhang gebracht werden; so verbindet
sich die Sage von den Burgunder-Königen mit der Siegfriedsage, so die mythische Wittichgestalt mit dem historischen Vidigoia,
so der treue Eckart mit dem historischen Markgrafen Eckewart
(s. S. 73, 71 [Jring] u. ö;).   Die Sage liebt in ihrem
Drange nach konkreter persönlicher Fassung nicht
unbenannte allgemeine Elemente, daher tritt an Stelle der
hunnischen Heerhaufen, die den Burgundern ihr Ende bereiten, Attila, daher wird die Treue der fränkischen Edlen
gegen Theodebert in der Gestalt Berchtungs personifiziert
(s. S. 60 und 143).   Die poetische Ausgestaltung
gewinnt immer größeren Einfluß: die historischen Thatsachen
werden zusammengerückt, um eine bessere Begründung, eine
ergreifendere Wirkung zu erzielen, sie werden anders erklärt,
um sie poetisch oder ethisch zu vertiefen: die Entwicklung der
Sage vom Tode Attilas bietet hiefür ein belehrendes Beispiel
(s. S. 61).   So entwickelt sich aus verschiedenen Elementen
eine zusammenhängende ausführliche Heldensage,
oder auch ein Sagenkreis, der seinen Mittelpunkt in der Person
des Helden hat (z. B. der Sagenkreis von Dietrich von
Bern).   Ein weiterer Schritt ist dann die Verbindung
verschiedener Sagen bezw. Sagencyklen mit einander:
so wird die merovingische Wolfdietrichsage mit dem heroischen
Hartungenmythus verbunden (s. S. 144), so gelangt durch die
Verbindung mit Attila Dietrich in die Nibelungensage, so wird
in Skandinavien die Ermanrichsage mit der Nibelungensage
lose verbunden.   In die späteste Zeit fällt das Bestreben, alle

Sagen mit einander in Verbindung zu setzen, wie es z. B. die norwegische Thidreks=Saga thut, die den ganzen sächsischen Sagenschatz um die Person Dietrichs gruppiert (s. S. 41).

3. Bildung des Epos.

Hand in Hand mit diesem Zusammenschluß von Sagen= elementen zu entwickelten Heldensagen, und von diesen zu Cyklen, geht die Verbindung von Einzelliedern zu Lieder= cyklen, und von diesen zum Epos. Am frühesten gelangten die Angelsachsen zu einem Epos, weil sie am ersten von den Völkern der Wanderzeit zu Sicherheit des Besitzes, Entfaltung von Behaglichkeit und Schönheit der äußeren Lebensführung kamen. Zu welcher Stufe des epischen Gesanges die Goten gelangt waren, ist unbekannt. Von hochdeutscher epischer Dichtung ist aus der älteren Zeit wenig bekannt, der einzige Rest ist das Hildebrandslied, ein Einzellied. Schwerlich wird der epische Heldensang bis zum Epos vorgedrungen sein; das in Deutschland aller heimischen Ueberlieferung feindliche Christen= tum hat die Ausbildung zu früh und tief geschädigt; von nicht minder schädlichem Einfluß war das Sinken des Sängerstandes; die merovingischen Hofämter eines Sängers des königlichen Hofes (cantor regii palatii) verschwinden, der epische Helden= sang wird den tief verachteten, rechtlosen fahrenden Spielleuten und Gauklern überlassen. Endlich hat die hochdeutsche Laut= verschiebung durch Trennung ehedem alliterierender Formeln, und das Aufkommen des Endreimes an Stelle der Alliteration die Bewahrung und Fortbildung der alten alliterierenden Lieder erschwert; man ist sogar zu der Annahme gezwungen, daß stellen= und zeitweise die Bewahrung der Heldensage auf prosaischer Erzählung beruhte. Solche Ueberlieferungsweise ist dem skandinavischen Norden wohlbekannt, und wird auch in Deutschland nicht gefehlt haben, wenngleich direkte Zeugnisse dafür nicht existieren.

Der Schritt zum Epos vollzieht sich in Deutschland am Ende des 12. und zu Anfang des 13. Jahrhunderts, die Pflege des volksepischen Gesanges gelangt in die Hände ritter = bürtiger, gebildeter Sänger, und eine technische Ver = änderung des Vortrages tritt fördernd hinzu: der Gesang wird — wenigstens für eine Periode — aufgegeben, die Gedichte werden bloß „gesagt", oder, wo sie schriftlich fixiert sind, gelesen oder vorgelesen. Die Geburt des mittelhochdeutschen nationalen Volksepos fällt in die bayerisch = österreichischen Länder; des bis dahin dort gepflegten geistlichen Kunstepos war man müde, die höfische Kultur und Epik war vom Rheine noch nicht bis dorthin vorgedrungen, da griff der Drang nach epischer Dichtung zu den Stoffen und Liedern der deutschen Heldensage. Daß die neuen Epen auf Grund älterer Einzel = lieder entstanden, ist sicher; ob diese unverändert aufgenommen wurden, wie weit die Veränderungen und Umdichtungen reichten, und ob schon cyklische Vereinigung mehrerer Lieder der epischen Verarbeitung vorherging, sind Fragen, die sich einer sicheren Entscheidung entziehen. Neben dem Epos gehen noch lange Einzellieder her, zwei Zeugnisse für solche sind S. 74 ange = führt; vergl. ferner das Seyfriedslied (S. 41), das jüngere Hildebrandslied (S. 115), das niederdeutsche Lied von König Ermenrichs Tod (S. 117).

Die Pflege der Heldensage im Sange war von höchster Bedeutung für ihre Ausbildung; Sage und Sang stehen in ununterbrochenem Kreislauf; der einzelne Sänger entnimmt die Sage der Volkstradition und gestaltet sie frei aus, sein Lied bringt wieder in das Volk und singt der Tradition neue

Motive zu. Eine Scheidung zwischen dem subjektiven Anteil des Dichters und dem von ihm verwerteten objektiven Bestand der zu Grunde liegenden Tradition ist kaum möglich, die Epen und epischen Lieder sind uns zugleich auch Sagendokumente und liegen daher der Darstellung der Heldensage in diesem Buche zu Grunde.

4. Begriff und Umfang der deutschen Heldensage.

Wie die Anfänge des Epos, so reichen auch die Ursprünge der Heldensage in das Zeitalter der Völkerwanderung zurück, wie bei allen arischen Völkern die Zeit ihrer historischen Heldenthaten Sage und Epik geschaffen hat.[1] Ueberblickt man den Kreis der behandelten Stoffe, so sind es Völker und Helden der Wanderzeit, Burgunder, Ostgoten, Attila, Gundahari, Theoderich, oder mythische Heroen, die besungen werden; weder urgermanische historische Persönlichkeiten (etwa Arminius), noch solche späterer Zeit dringen in die Heldensage.[2] Wie sehr selbst in den nationalen Epen des 13. Jahrhunderts auch die ganze Weltauffassung noch altgermanisch-heidnisch ist, zeigt besonders klar die Nibelungensage, bei der dies im folgenden ausführlicher dargelegt ist, als hier der Raum gestattet.

In dieser Wurzel der Heldensage liegt auch ihre nähere Begrenzung; Sagen wie die vom Herzog Ernst u. a., die später entstanden, zeigen einen ganz anderen Charakter und sind auch nie in cyklischen Zusammenhang mit den echten alten Heldensagen gebracht worden; sie fehlen daher auch in dieser

---

[1] Aeußerliche Einfügungen von Nebenpersonen wie die Eckewarts und Geros (f. S. 73) kommen nicht in Betracht. — Ueber das andere Verhältnis der Hilde-Gudrun-Sage f. S. 163.

Darstellung der deutschen Heldensage. Die Benennung ‚deutsch‘
ist in gewissem Sinne zu eng, und würde eigentlich durch „ger=
manisch“ zu ersetzen sein, denn die verschiedensten germanischen
Stämme, Ostgoten, Franken, Bajuwaren, Alemannen,
Sachsen, Skandinaven haben die Sagen gebildet, bezw. aus=
gebildet und an ihrer Ausgestaltung mitgearbeitet. Anderseits
aber ist die herkömmliche Benennung doch auch bedeutsam und
begriffsbestimmend, indem nur jene Heldensagen deutsch ge=
nannt werden, welche von deutschen, besonders hochdeutschen
Stämmen gepflegt worden sind. Die mittelhochdeutsche Epik
giebt also (wenn man von der Wielandsage absieht, die doch
auch oberdeutschen Dichtern nicht ganz unbekannt war) die
Begrenzung des Umfanges auch dieser Darstellung der deutschen
Heldensage; dieselbe berücksichtigt einerseits die sächsischen und
nordischen Ueberlieferungen, wo diese in der Entwicklung der
Sage eine Rolle spielen, schließt aber rein sächsische, angel=
sächsische und nordische Sagen, die nicht in Oberdeutschland
behandelt wurden, ebenso aus, wie die besonderen Stamm=
sagen der Ostgoten, Langobarden und anderer Völker. Eine
Wiedererzählung der letzteren in schlichtester Schönheit haben die
Brüder Grimm mit der ihnen eigenen, unerreichbaren Meister=
schaft in den Deutschen Sagen, Bd. II, gegeben.

Der also begrenzte Stoff wird hier nicht, wie öfter ge=
schehen ist, in sog. ostgotische, fränkische, burgundische, hunnische,
langobardische rc. Sagenkreise eingeteilt, denn diese Namen
sind irreführend. Soll damit der Ursprung der Sage be=
zeichnet werden, so steht man Stoffen wie der Waltersage u. a.
ratlos gegenüber, denn über ihren Ursprung ist nichts bekannt,
und der Name „burgundisch=hunnischer Sagenkreis“ enthält
in diesem Sinne eine Ungereimtheit, da die Sagen von Gunther
und Etzel nicht bei den Hunnen und Burgundern entstanden

sind. Die Sagen selbst aber, die z. B. von Theoborich uns erhalten sind, sind nur zum geringen Teile ostgotisch, entwickelt und ausgebildet sind sie erst bei verschiedenen deutschen Stämmen; in der erhaltenen Sagengestalt kann also der Theoborichsagenkreis weder ostgotisch noch deutsch allein genannt werden. Aehnlich verhält es sich mit der Hilde=Gudrunsage, an der Skandinavier, Friesen, Niederfranken, rheinische und bajuvarische Sänger mitgearbeitet haben. Die verschiedensten Quellen haben den Strom der deutschen Heldensage gespeist; die einzelnen Sagenelemente können wohl historisch nachgewiesen, aber nicht ausgesondert werden und der aus ihrer Vereinigung entstandenen Sage den Namen geben. Will man den Heldensagen, die so verschiedenen Ursprungs sind, einen gemeinsamen Namen geben, so kann man sie im Hinblick auf ihre Entstehung und Pflege nur germanische, im Hinblick auf ihre letzte Form nur deutsche Heldensagen benennen, denn die Gestalt, in der sie ihren Abschluß erhalten haben und uns überliefert sind, ist deutsch, und **die Bearbeitung und Pflege der Sage in Deutschland bildet das Band, das die verschiedenen Sagen als „deutsche Heldensage" einigt und die Zugehörigkeit einer Sage zu diesem Begriffe bestimmt.**

———

Die Nibelungensage.

I. Allgemeine Würdigung der Sage.

Keine Heldensage ist weiter durch alle germanischen Länder und dauernder durch das ganze Mittelalter zum Teil bis auf unsere Tage verbreitet, als die Nibelungensage, keine öfter und reicher von der Volkspoesie behandelt worden, keine läßt uns so tief in die treibenden Kräfte der Sagenbildung und Entwicklung blicken wie sie; billig eröffnet sie daher die Reihe.

Goethe bemerkt über das Nibelungenlied: „Die Kenntnis dieses Gedichtes gehört zu einer Bildungsstufe der Nation" und erläutert dies Wort durch eine Aeußerung an Eckermann, wonach er das Epos historisch betrachtet und beurteilt wissen will. Was Goethe vom Liede sagt, gilt auch, und vor allem, von der Sage: diese zeigt uns nicht bloß eine, sondern mehrere Bildungsstufen der Nation; die Wandel= ungen des germanischen Volksgeistes haben sich tief in ihr ausgeprägt. In die älteste mythenbildende Periode führen uns die Bestandteile der Sage zurück, die Siegfrieds Schicksale enthalten; die lebende Natursymbolik hat ihren Ausdruck in den erhabenen Bildern der Siegfriedsage gefunden, deren Ge= stalten nach kurzem hellen Sonnenglanze in unheimlich düsterer

Todesdämmerung erlöschen. Die Zeit der Völkerwanderung mit ihren völkervernichtenden Umwälzungen, ihren ungeheuren Thaten und ungeheuren Freveln hat die historischen Bestand= teile der Sage ausgeprägt. Von Rheinfranken aus verbreitet sich die Sage in Deutschland und nach Skandinavien und blüht in reicher epischer Vielgestaltigkeit in der Dichtung vom Rheine bis zur Elbe, von der Donau bis zum Polarmeere; selbst in die entlegensten germanischen Siedelungen, Island und Grön= land, tragen die Besiedler Kunde von der Sage und pflegen sie in Liedern.

Bei solchen Wanderungen und Wandelungen ist die Sage im Norden wie in Deutschland in beständiger Fortbildung begriffen, neue Elemente fügen sich ein, alte verblassen und verschwinden. Besonders in Deutschland, wo Christentum, Rittertum und romanisch=höfische Kultur auf das ganze Volksleben und seine Aeußerungen in Glaube, Sitte und Dichtung tiefgehende Einflüsse ausüben, ändert die Sage ihr Kleid und zum Teile ihr Wesen: das mythische tritt zurück, die neue gesellschaftliche Sitte und Kultur spiegelt sich im ritterlichen Kostüme, in das die mittelalterliche Dich= tung die alten Heldengestalten kleidet. Aber das erstreckt sich meist bloß auf Aeußerlichkeiten, der Kern bleibt, und unter der ritterlich=christlichen Tünche tritt der altgermanisch=heid= nische Grund überall zu Tage.

„Die Motive sind grundheidnisch; keine Spur von einer waltenden Gottheit, alles dem Menschen und ge= wissen imaginativen [mythischen] Mitbewohnern der Erde angehörig und überlassen" (Goethe). Unerbittlich streng, wie das Schicksal die Ereignisse bestimmt, Mord aus Mord, Frevel aus Frevel zeugend, keine göttliche Lenkung, keine Gnade und Versöhnung kennend, so sind auch die handelnden

Personen: durch Frevel und Blut schreiten sie ohne Zagen, ohne Schwanken ihren Gang, unbeirrt in Liebe wie in Haß, und bewähren ihre Heldennatur noch im todestrotzigen Unter= gang. Altgermanische Weltanschauung beherrscht ihr Thun; Blutrache ist die heiligste Pflicht und Treue die höchste Tugend. Die germanische Treuepflicht schloß aber Frevel und Verrat, Betrug und Untreue nicht aus, denn Treue war den alten Germanen, wie Geschichte und Dichtung zeigen, keineswegs ein abstraktes, allgemein und gegen jeden geltendes ethisches Gebot; sie war vielmehr immer ein rechtlich=sittliches, per= sönliches Verhältnis: Liebe und Treue galt zwischen den durch Blutsbande, Ehe, angestammtes oder freiwilliges Dienst= verhältnis Verbundenen; den Gegnern, den eigenen, wie denen des Herrn oder der Sippe gegenüber, war Haß, Feindschaft, Rache, die Verrat und Untreue gegen den Feind nicht scheut, Treuepflicht. So kann höchster Verrat sich mit höchster Tugend paaren: Hagen mordet treulos Siegfried als Rächer seines beleidigten Herrn, dem er die höchste Treue bis zum Tode wahrt; Kriemhilt, die gegen ihre eigenen Brüder wütet, begeht den Frevel aus Treue gegen Siegfried. „Diese zwei mächtigsten Gestalten sind einander darin ähnlich, daß sie die scheinbar widerstreitendsten Eigenschaften in sich vereinigen, Treue und Untreue, doch beide aus demselben Keim. Sich untereinander kehren Hagen und Kriemhilt stets nur die schneidende Seite zu, und eben daraus erwächst jener unge= heure Kampf, wo sie in ihrem feindlichen Ringen die ganze Heldenwelt mit sich ins Verderben reißen" (Uhland). In diesem Kampfe steigern sich beide zu dämonischer Größe, aber das Weib verliert dabei, aus ihrer Natur heraustretend, während Hagens Heldentum sich zu tragischer Erhabenheit hebt: „er steht dem Schicksal, das er heraufbeschworen, trägt mit Riesenkraft den brechenden Bau, und stürzt der letzte unter den Trümmern" (Uhland).

Nur eine Gestalt der Sage im Nibelungenliede zeigt den Einfluß milderer vergeistigter Sittenanschauung, der edle Markgraf Rüdiger, der über dem Konflikt von Lehens- und Eidtreue gegen seinen Herrn und Freundestreue gegen die Burgunder verzweifelt zusammenbricht; in dem Gegensatze Rüdigers zu Hagen und Kriemhilt, die einen solchen Konflikt gar nicht kennen, zeigt sich der Unterschied der altgermanischen Treuauffassung von dem ethischen Ideal einer späteren Zeit, das Christentum und humanere Kultur im Vereine geschaffen haben.

Schließlich teilt auch die Nibelungensage das Schicksal aller Heldensagen im späteren Mittelalter, das Verständnis für das alte Heldentum geht verloren, Ernst und sittliche Kraft schwinden aus der Sagendichtung, sie wird märchenhaft; was hat der strahlende, göttliche Heros Siegfried noch mit dem wilden Jungen des Siegfriedsliedes gemeinsam, der Löwen fängt und an den Schwänzen aufhängt? was mit dem Sivard der dänischen Kaempeviser, der eine Eiche ausreißt und sie an seinen Gurt steckt? Nicht mehr als die äußeren Umrisse; Sinn und Bedeutung der alten Heldensage sind im Volke und in seiner Dichtung vergessen. Das veränderte Verhältnis drückt W. Grimm schön in einem Bilde aus: „Ein frischer Morgen voll Erwartung auf den kommenden Tag, weht in den Liedern der Edda: die Sonne im höchsten Stande glänzt über den heißen Thaten des Nibelungenliedes; endlich erscheint, des Ernstes müde, der zum Scherz geneigte Abend, durch welchen bunte Streiflichter spielen. Die Dichtung wird märchenhaft, aber ihr fehlt innere Wahrheit und sittliche Kraft."

Endlich geht in Deutschland jede Erinnerung an die Nibelungensage unter dem Volke verloren bis vielleicht auf einige abgeblaßte und verdunkelte Erinnerungen in Märchen, während in Standinavien die Kaempevifer sich stellenweise noch bis heute lebend erhalten haben.

Durch innere und äußere Größe, Bedeutung und Gehalt erscheint die Sage von Siegfried und den Nibelungen als die Blüte der gesamten Heldensage; das Bewußtsein hiervon ist schon frühe lebend gewesen: es drückt sich in den Worten aus, mit denen die alte Dichtung Sigmund den noch ungeborenen Sigurd verkünden läßt: „Sein Name wird erhaben sein, so lange die Welt steht", und der Verfasser der um die Mitte des 13. Jahrhunderts in Norwegen entstandenen Völsunga-Saga preist Sigurd als den höchsten aller Helden und bricht in die Worte aus: „Sein Name ist berühmt in allen Zungen nördlich vom Mittelmeer, und so wird es bleiben, so lange die Welt steht".

II. Darstellung der Sage.

A. Die norwegisch-isländische Sagengestalt.

Hauptquellen.

1. Die ältere oder Lieder-Edda; fast sämtliche Heldenlieder fallen hieher. — „Edda" nannte der isländische Bischof Brynjulf Sveinsson eine von ihm im Jahre 1643 gefundene Handschrift des 13. Jahrh., eine Sammlung von Götter- und Heldenliedern enthaltend, weil er in ihr die Quelle für Snorris Edda zu finden glaubte, und schrieb die Sammlung dem isländischen Gelehrten Saemund Sigfusson, der im 12. Jahrh. lebte, fälschlich zu (daher der Name Saemundar-Edda); die Lieder haben

aber mit Saemund nichts zu schaffen, und der Name Edda
(„Poetik") ist ebenfalls unpassend übertragen, doch muß er jetzt
beibehalten werden, da er eingebürgert und nicht leicht zu ersetzen
ist. — Es sind uns über 30 solcher „Eddalieder" erhalten, alle
erst auf Island aufgezeichnet, jedoch größtenteils aus Norwegen
(doch auch aus Grönland und Island) stammend; sie sind in den
Jahren ca. 850 bis ca. 1050 gedichtet. — Von den vielen Ueber-
tragungen ist vor allem die Gerings (Leipzig 1893) zu em-
pfehlen, da sie auch durch Anmerkungen die Gedichte erläutert;
auch auf die herrliche Prosa-Uebersetzung einiger Heldenlieder
durch die Brüder Grimm (hrsg. von Hoffory, Berlin 1885) sei
aufmerksam gemacht.

2. Die jüngere oder Snorra-Edda, d. h. das Lehr-
buch der Poetik, verfaßt von dem Isländer Snorri Sturluson
(† 1241); dieses Werk allein heißt mit Recht Edda, d. i. Poetik.
— Eine Uebersetzung der erzählenden Teile des Werkes findet
man in den Uebersetzungen der Lieder-Edda von Simrock und
von Gering.

3. Die Völsunga-Saga, eine in Prosa abgefaßte Erzählung der Schicksale des ganzen Völsungengeschlechtes, hauptsächlich auf Grund von Eddaliedern, deren der Verfasser noch
mehr kannte, als wir heute besitzen; entstanden in Norwegen um
die Mitte des 13. Jahrhunderts. Gute Uebertragung von Ed-
zardi (Stuttgart, 1880 große, 1881 kleine Ausgabe).

Im folgenden gebrauchte Abkürzungen: LE = Lieder-Edda,
SnE = Snorra-Edda, VS = Völsunga-Saga.

1. Der Hort.

Die Asen Odin, Hönir und Loki kommen auf ihrer
Wanderung durch die Welt zu einem Wasserfalle, worin der
Zwerg Andvari in Gestalt eines Hechts sich Speise zu fangen pflegt. Otr, Hreidmars Sohn, hat eben dort, als Fisch-
otter verwandelt, einen Lachs gefangen und verzehrt ihn

blinzelnd. Loki wirft Otr mit einem Steine tot, und sie
ziehen ihm den Balg ab. Abends suchen sie Herberge bei
Hreidmar und zeigen ihm den Fang. Hreidmar und seine
Söhne, Fafnir und Regin, greifen die Asen und legen ihnen
auf, zur Buße für Otr und für Lösung ihrer Häupter den
Balg mit Gold zu füllen und auch außen mit Gold zu
bedecken.¹) Die Asen senden Loki aus, das Gold herzuschaffen.
Loki fängt im Wasserfalle mit dem erborgten Netz der Meer=
göttin Ran²) den Zwerg Andvari, und dieser muß zur Lösung
all sein Gold geben. Einen Ring noch hält er zurück [weil
er — wie Odins Ring Draupnir — die Kraft hatte, neues
Gold zu erzeugen SnE], aber auch den nimmt ihm Loki.
Da spricht der Zwerg einen Fluch über das Gold³) aus,
Verderben solle es jedem Besitzer bringen. Die Asen leisten
nun die Buße, und als noch ein Barthaar der Otter hervor=
ragt, bedeckt es Odin, als Hreidmar verlangt, auch dies
solle verhüllt werden, mit dem Ringe. Loki verkündet Hreid=
mar und seinen Söhnen Verderben. Fafnir und Regin verlangen
von Hreidmar Anteil an der Buße, er weigert es; dafür
durchbohrt Fafnir den schlafenden Vater mit dem Schwerte,
nimmt alles Gold und versagt Regin jeden Anteil. Auf
Gnitaheide liegt er und hütet den Hort in Gestalt eines
Lindwurms, mit dem Schreckenshelm bedeckt, vor dem alles
Lebende zittert. Regin aber sinnt auf Rache.⁴)

---

¹) Ein altgermanischer, öfter bezeugter Sühnbrauch.
²) Ueber diese und ihr Netz siehe Samml. Göschen: Teutsche Mythologie
[DM], unter „Ran".
³) Das nordische Wort für Gold kann sowohl Gold, Schatz, als
Fingergold, Ring, bedeuten; ausdrücklich wird der Ring hervorgehoben in
SnE und VS.
⁴) Nach der Darstellung des Liedes Reginsmál; nach Uhland.

Die deutsche Sage weiß von dieser Geschichte des Hortes nichts, in ihr ist er Eigentum der Nibelungen (Zwerge gleich Anboari).

2. Sigurds Ahnen.

Von Odin als Ahnherrn des Geschlechtes stammt König Völsung; zehn Söhne, deren ältester Sigmund ist, und eine Tochter Signy hat er mit seiner Gattin, einer Walküre König Siggeir von Gautland bittet um Signys Hand, der Vater giebt sie ihm trotz ihrer Abneigung. Das Hochzeitsfest wird in der Halle Völsungs gehalten, in deren Mitte ein herrlicher Baum steht, der mit seinem Stamme durch das Dach ragt und mit den Aesten die Halle überschattet.[1]) Am Abend, als rings den Saal entlang Feuer lohen, während des Hochzeitsfestes, tritt ein Greis in die Halle, hoch und stattlich, von fleckichtem Mantel umwallt, den breiten Hut tief in das einäugige Antlitz gedrückt, in der Hand ein blankes Schwert. Das stößt er bis zum Heft in den Stamm mit den Worten: „Wer es aus dem Stamme zieht, dem sei es als meine Gabe eigen, und er soll es erfahren, daß er nie ein besser Schwert geschwungen.“ Darauf verschwindet er, und niemand weiß zu sagen, wer der Fremde gewesen. Die Festgäste versuchen nun ihre Kraft an dem Schwert, nur Sigmund gelingt es, wie von selbst folgt das Schwert seiner Hand. Siggeir bittet ihn um das Schwert, erhält aber von

---

[1]) Möglicherweise läßt sich aus dem mehrfach unklaren Wortlaute der VS erschließen, daß der Baum dem Samen jenes wunderbaren Apfels entsproßt war, dem Völsung sein Dasein verdankte. Die Ehe seiner Eltern war nämlich so lange kinderlos, bis Odin ihnen durch eine Walküre (die später Völsungs Gattin wurde) einen Apfel sandte, nach dessen Genuß die Königin des Knaben genas. Wenn der Baum „Kinderstamm“ genannt wird, so ist das wohl ein Hinweis auf die Eigenschaft des Apfels, aus dessen Samen er entsproß.

Sigmund eine abschlägige Antwort und sinnt auf Rache; jäh
bricht er auf, ladet Völsung und dessen Söhne zu einem Feste
nach Gautland ein und fährt am nächsten Tage weg;
schweren Herzens folgt ihm Signy, die Unheil und Verderben
voraussieht.

Zur verabredeten Zeit fahren Völsung und seine Söhne
nach Gautland; Signy kommt am Abend zu ihren Schiffen
und bittet sie, zu fliehen, Siggeir wolle sie am nächsten Tage
überfallen. Doch Völsung erwidert, nie sei er geflohen und
wolle es auch jetzt nicht, einmal müsse jeder sterben. Im
Kampfe fällt er mit seinem Gefolge, die zehn Söhne aber
werden gefangen und von Siggeir in einen Fußstock im
Walde gefesselt. Um Mitternacht kommt eine alte Elgin aus
dem Walde und verzehrt einen der Gefangenen; es war die
Mutter Siggeirs. So geht es neun Nächte, bis nur Sigmund übrig ist. Durch eine List Signys wird er der Elgin
Herr, entkommt und haust nun allein im wilden Wald. Die
Jahre vergehen, aber Sigmund und Signy sinnen beide nur
auf Rache.

Als Signys und Siggeirs ältester Sohn zehn Winter
alt ist, schickt ihn die Mutter Sigmund zu, daß dieser ihn
erprobe, ob er zum Rachehelfer tauge; aber der Knabe besteht
die Probe — er soll einen Beutel mit Mehl, in dem sich
eine Giftnatter befindet, zu Brotteig kneten — nicht und
wird von Sigmund auf Signys Aufforderung erschlagen.
Ebenso geht es mit dem jüngeren Sohne. Da erkennt Signy,
daß nur ein echter Völsung zum Rachehelfer taugt; unerkannt,
in Verkleidung, naht sie ihrem Bruder, und diesem Bunde
entsprießt Sinfjötli, der herangewachsen jede Probe besteht
und von Sigmund durch ein rauhes Wald= und Kampfleben
zum Helden erzogen wird.

Endlich hält Sigmund die Stunde der Rache für ge=
kommen; sie bergen sich, günstiger Gelegenheit harrend, im
Vorhause der Königshalle, werden aber ergriffen und lebendig
begraben. Signy weiß ihnen jedoch das Schwert Sigmunds
zuzustellen, damit zerschneiden sie den Fels, nahen der Halle
zur Nachtzeit, umgeben sie mit dürrem Holze und legen Feuer
an; dem erwachenden Siggeir ruft Sigmund höhnisch zu:
„Nun magst du erfahren, daß noch nicht alle Völsunge tot
sind!" Die Schwester aber bittet er, aus der brennenden
Halle herauszukommen und mit ihm wegzuziehen; sie kommt
zu ihm heraus, enthüllt ihm, daß Sinfjötli sein und ihr Sohn
sei: „Und nun ist mein Rachewerk erfüllt und ich kann nicht
länger leben; freudig will ich nun mit dem sterben, mit dem
ich ungern lebte." Sie küßt beide zum Abschiede und kehrt
in das brennende Haus zurück, wo sie mit Siggeir und allen
seinen Hausgenossen den Tod findet.

Sigmund fährt nun in das väterliche Reich zurück, ver=
treibt die Eindringlinge, die sich desselben bemächtigt, und
wird ein mächtiger und berühmter König. Er heiratet Borg=
hild[1]), durch sie findet Sinfjötli den Tod; sie haßt den Stief=
sohn und reicht ihm bei einem Mahle einen Gifttrank. Sig=
mund trägt die Leiche in seinen Armen durch den Wald bis
zu einem Fjord. Dort sieht er einen Mann in einem kleinen
Boote, der sich anbietet, erst die Leiche, dann Sigmund über=
zusetzen. Wie er aber mit dem toten Sinfjötli abstößt, ver=
schwindet er. Sigmund verstößt Borghild und verbindet sich
in zweiter Ehe mit Hjördis. Ein verschmähter Freier, Lyngvi,
der Sohn König Hundings, überzieht Sigmunds Land mit

---

[1]) Hier setzt in der nordischen Sage ein Anwuchs an, indem man Helgi
Hundingstöter, einen berühmten nordischen Helden, zum Sohne Sigmunds
und Borghildens machte.

Heeresmacht, es kommt zur Schlacht. Sigmund schlägt breite Gassen durch das Heer der Feinde, bis an die Achseln ist er blutgerötet. Da tritt ihm ein alter einäugiger Mann mit breitem Hut und blauem Mantel entgegen, an seinem vorgehaltenen Speer zerspringt Sigmunds Schwert, und nun wendet sich das Schlachtenglück, Sigmund und der größte Teil seines Heeres fällt.

Hjördis, die während der Schlacht in einem dichten Wald geborgen gewesen, sucht nachts die Walstatt ab und findet Sigmund schwer verwundet, doch noch lebend. Sie will seine Wunden heilen, doch er weist ihre Hilfe zurück: „Odin will nicht, daß ich das Schwert länger schwinge; du aber wahre die Schwerttrümmer wohl, du gehst mit einem Knaben, der wird das neugeschmiedete schwingen und manch' Heldenwerk damit vollbringen, und sein Name wird erhaben sein, so lange die Welt steht." Mit dem ersten Tagesgrauen stirbt Sigmund. Hjördis wird von Vikingern, die unter Anführung des dänischen Königssohnes Alf zufällig zu der Walstatt kommen, entführt, aber gut behandelt, und Alf erhebt sie zu seiner Gemahlin, nachdem sie Sigmunds Kind geboren: einen Knaben von solcher Gestalt und Schöne, daß alle einstimmig sagen, das Kind werde ein Held ohne gleichen werden; der Knabe mit den blitzenden hellen Augen erhält den Namen Sigurd.

Die Sage von Sigurds Ahnen hat uns in dieser Vollständigkeit nur die Völsunga-Saga bewahrt, die Eddalieder wissen (bis auf Spuren) nichts davon, doch geht der Sagabericht auf Lieder zurück, die uns leider verloren sind. Die mhd. Sage weiß hievon nichts anderes, als daß Siegmund der Vater Siegfrieds ist, aber aus den

althochdeutschen Personennamen Welisunc und Sintarfizzilo
(= Vǫlsungr und Sinfjǫtli), die ihrer Bedeutung wegen (der
„Auserlesene“ und „der sehr Fleckige“¹) nur der Sage ihren
Ursprung verdanken können, zeigen uns, daß die Sage in
Deutschland heimisch war; auch der Name der Mutter Siegfrieds
in der mhd. Sage, Sieglind, erweist sich durch die Alliteration
zu Siegmund und Siegfried als echt und alt, Hjördis ist erst
im Norden fälschlich an ihre Stelle getreten.   Auch das
a n g e l s ä c h s i s c h e G e d i c h t B e o w u l f (7.—8. Jhb.) weiß
von Sigmunds und seines Neffen Fitela Heldenthaten zu
erzählen, leider giebt es nur einen allgemeinen Hinweis ohne
nähere Ausführung; doch auch hier ist in der Bezeichnung
Sigmunds als „Nachkomme Wälses“ die Sage reiner erhalten
als im Nordischen: Wälse, „der erlesene, erwählte Held“
muß der Stammvater des Geschlechtes der Wälsungen sein,
im Nordischen aber findet sich sein Name nicht, nur das
Patronymikon Vǫlsungr.

    D i e S a g e ist also entschieden alt und u r s p r ü n g l i c h
i n D e u t s c h l a n d heimisch; ob schon in ihrer deutschen
Fassung Wodan so tief in die Geschicke des Wälsungenge-
schlechtes verwoben war, wie in der nordischen, ist zweifelhaft.
In letzterer tritt seine Teilname bedeutsam hervor, er sendet
den Fruchtbarkeitsapfel, er kommt als Wanderer²) in Völsungs Halle und stößt das Schwert in den Stamm, er nimmt
als Totenschiffer³) Sinfjötlis Leiche zu sich, und als Sigmunds Bestimmung mit der Zeugung Sigurds vollendet ist,
tritt er ihm in der Schlacht entgegen und weiht ihn dem

---

¹) So heißt er wegen seiner incestuosen Abkunft. [Kögel.]

²) Ueber Odin als Wanderer s. Samml. Göschen: DM, „Wodan unter
den Menschen“.

³) Eine alte Art germanischer Totenbestattung war, den Leichnam in einem
Schiffe der flutenden See zu überlassen.

Tode. Hierin liegt keine Abwendung des Gottes von seinem
Schützling, „vielmehr ein Mysterium der alten heidnischen
Religion; der germanische Held verschied des heiteren Glau=
bens, der Gott selbst habe ihm den Todesstreich gegeben, um
ihn nach Walhall zu berufen.“¹)   So ist Odin, nach Müllen=
hoffs schönem Worte, ein „Ofnir“, Weber des Schicksals,
und „Svafnir“, der Schlummer bringende, der aller Not
und Fehde ein Ende macht und dem Helden die verdiente
Ruhe giebt.

     „In der Dichtung von Sigurds Ahnen herrscht eine
Wildheit, die auf das höchste Alter deutet; keineswegs zeigt sich
dabei die Gemeinheit herabgesunkener Naturen“ (W. Grimm).
Neben dem dämonisch Wilden birgt die Sage Momente er=
habenster tragischer Größe: selbst durch die Prosa der Völ=
sunga=Saga leuchtet in den letzten Worten Signys, in der
Verkündigung Sigurds durch den sterbenden Vater eine
Poesie durch, der sich nur weniges in den erhaltenen Edda=
liedern an die Seite stellen läßt.

     Was diese wilden harten Gestalten adelt, das ist die
höchste Tugend des germanischen Helden, die Furchtlosigkeit;
„in allen Thaten des Geschlechtes ist kein Zaudern, kein Ueber=
legen, sie folgen dem gewaltigen Drange ihrer Natur.“ Wenn
Völsung der Warnung Signys entgegnet: „Nie soll mir vor=
geworfen werden, daß ich mich gefürchtet, einmal muß jeder
sterben“, so ist das ganz aus dem Geiste des Wälsungen=
geschlechtes gesprochen, des Geschlechtes, dessen höchste Blüte
der furchtlos freie Held ist, der allein die Walküre auf dem
feuerumflammten Felsen erwecken kann.

---

¹) S. Kauffmann, DM, unter „Opfer“, „Orakel“ „Kampf, Tod und Sieg.“

3. Sigurds Jugendthaten.

Der Knabe Sigurd wurde vom König Hjalprek, Alfs
Vater, dem kunstreichen, zauberkundigen Zwerge Regin, Fafnirs Bruder, der an Hjalpreks Hof weilte, zur Erziehung
gegeben. Als er herangewachsen, erzählt ihm Regin von dem
Hort, den Fafnir in Wurmesgestalt auf der Gnitaheide be-
wache; er schmiedet ihm [aus den Schwerttrümmern Sigmunds: VS] das Schwert Gram, dessen Schneide so fein
ist, daß sie eine im Strome angetriebene Flocke zerteilt, und
so stark, daß Sigurd den Ambos Regins zerspaltet, ohne daß
sie Schaden nimmt. Nun reizt ihn Regin, Fafnir zu töten,
doch Sigurd erwidert: „Hell auflachen würden Hundings
Söhne, wenn mich heißerer Wunsch nach Gold als nach
Vaterrache beseelte". Mit Mannschaft und Schiffen, die er
von Hjalprek bekommen, segelt er gegen die Hundingssöhne.
Aus schwerem Unwetter, das der Flotte den Untergang droht,
rettet ihn Odin, der als Hnikar auf einem Felsen steht, um
Aufnahme bittet und dann sofort den Sturm stillt; er erteilt
Sigurd weise Lehren und Kampfregeln. In furchtbarer
Schlacht besiegt Sigurd die Hundingssöhne und rächt den
Tod seines Vaters.

Nach der Rückkehr begiebt er sich mit Regin auf die
Gnitaheide, gräbt, um sich vor dem giftigen Hauch Fafnirs
zu schützen, eine Grube, und stößt dem darüber schreitenden
Drachen das Schwert ins Herz. Im Tode noch warnt
Fafnir seinen jugendlichen Ueberwinder: „Du helläugiger
Knabe, wisse, das glutrote Gold bringt dir einst Untergang;
mich verriet Regin und dich wird er verraten!" Regin, der
sich während des Kampfes im Heidekraut abseits geborgen,
naht Sigurd mit schmeichlerischen Lobsprüchen, und befiehlt

ihm, das Herz Fafnirs für ihn zu braten, während er ſchlafen
wolle. Sigurd brät das Herz an einem Holzſpieß; als das
Blut aufſchäumt, verſucht er mit dem Finger, ob es ſchon
gar iſt; dabei verbrennt er ſich und führt den Finger kühlend
zum Mund. Da verſteht er plötzlich, was die Vögel im
Gebüſche ſingen. Sie warnen ihn vor Regins Falſchheit,
der ihm den Tod ſinne. Zornig ſpringt Sigurd auf und
erſchlägt den Falſchen.

Wieder raten ihm die Vögel, Fafnirs Hort zu nehmen,
und ſingen von der Schlachtjungfrau, die von lobernder Glut
umgeben auf hohem Felſen ſchläft und ihres Befreiers harrt.
Da reitet Sigurd zum Lager Fafnirs, belaſtet ſein Roß
Grani mit zwei Kiſten Goldes, nimmt den Schreckenshelm,
den Fafnir beſeſſen, und reitet auf grünen Pfaden gen Frankenland. Um einen Fels ſieht er eine Lohe brennen, er durch-
bringt ſie und findet oben in voller Rüſtung einen ſchlafenden
Mann; wie er ihm den Helm abnimmt, ſieht er, daß es ein
Weib iſt. Den feſten Panzer, der wie angewachſen um ihren
Leib liegt und ſich nicht abziehen läßt, durchſchneidet er mit
ſeinem Schwert und löſt ihn von ihren Gliedern. Da erwacht ſie und fragt, wer der Held ſei, der ſie erweckt. Als
Sigurd ſeinen Namen nennt, ruft ſie in erhabener Freude
den Tag und die Lichtgottheiten an, daß ſie mit ſegnenden
Augen auf ſie zwei herabſchauen mögen. Sie erzählt Sigurd,
Odin habe ſie zur Strafe in Zauberſchlaf verſenkt, weil ſie
ſich eines Helden gegen ſeinen Willen angenommen habe, ſie
aber habe erwirkt, daß nur ein furchtloſer Held ſie wecken
ſolle. Darauf reicht ſie Sigurd ein Horn mit Erinnerungs-
trank voll Heilſprüche und Wonnerunen; die weiſe Walküre
lehrt nun ihren Liebling Runenzauber, läßt ihn ahnen, daß
ſein Leben nur kurz ſein werde, und fragt ihn, ob er ihr

entsagen oder ihr Treue schwören will, trotz dem drohenden Unheil, das ihm daraus entsprießen wird.

Sigurd antwortet:

Dräue mir Tod auch, ich denk nicht an Flucht,
  als Zager nicht ward ich erzeugt;
mein Glück wirds sein, dich ganz zu besitzen,
  so lange das Leben mir währt.   (Gerings Uebers.)

Sie antwortet: „Keinen will ich lieber haben als dich, wenn mir auch unter allen Männern die Wahl frei stünde", und beide bekräftigen ihre Liebe mit Treueiden.[1]

Von allen diesen Jugendthaten Siegfrieds weiß die deutsche Sage nur Unsicheres und Verworrenes zu berichten. Nach dem Nibelungenlied wächst Siegfried am Hofe seines Vaters in Glanz und Ehren auf; nur das Seyfriedslied und die norddeutsche Ueberlieferung (ThS) bewahren den echten alten Zug, daß der vaterlose Knabe bei einem Schmiede im Walde aufwächst. Auch der Erwerb des Hortes und der Drachenkampf sind im Nibelungenlied nur kurz angedeutet; Hagen erzählt, als Siegfried in Gunthers Burg ankommt, der Held habe einst den Nibelungenhort, die Tarnkappe und das Schwert Balmung erworben, indem er die Zwergenfürsten und ihre riesischen Mannen besiegte; auch habe er einmal einen Lindwurm erschlagen und in seinem Blute gebadet; daher sei er unverwundbar. Von der Erweckung einer Walküre ist im Nibelungenlied keine Spur; nur dunkel bricht hie und da die Voraussetzung durch, daß Siegfried Brünhilden schon vor seiner und Gunthers Werbefahrt

---

[1] Nach der Darstellung der Eddalieder Reginsmál, Fáfnismál, Sigrdrífomál.)

gekannt hat. Horterwerbung und Drachenkampf, die im Nibel=
ungenliede getrennt sind, finden sich jedoch im Seyfriedsliede
vereinigt (wie in der nordischen Sage), ja hier ist sogar die
Befreiung der Jungfrau damit unmittelbar verbunden, indem die
Sage sie von dem Drachen entführt und bewacht sein läßt; diese
letztere Motivanschiebung wie auch die Identifikation der befreiten
Jungfrau mit Kriemhild ist spätere Sagenumgestaltung. Aber
auch die nordischen Sagenquellen sind hie und da
verworren, namentlich in ihren Angaben über das Ver=
hältnis Sigurds und der Walküre (darüber siehe zu Abschnitt 4).

4. Sigurd und die Gjukunge.

Von dem Walkürenfelsen fährt Sigurd auf neue Thaten
aus und kommt zu Gjuki, einem König am Rhein. Des Königs
Söhne, Gunnar und Högni, schließen Freundschaft mit Sigurd
und er zieht mit auf ihre Heerfahrten. Die Königin Grim=
hild, ihre Mutter, will den Helden für immer an die Gju=
kunge fesseln, und reicht ihm einen zauberhaften Vergessen=
heitstrank, nach dessen Genuß ihm die Erinnerung an seine
Braut schwindet; er heiratet nun die herrliche Tochter Gjukis,
Gudrun.

Gunnar will um die Walküre Brynhild werben und Sigurd
reitet mit ihm. Brynhilds Burg ist von Feuer umwallt, und
den allein will sie haben, der durch die Flamme reitet.
Gunnar spornt sein Roß, doch es stutzt vor dem Feuer. Er
bittet Sigurd, ihm den Grani zu leihen, aber auch dieser will
nicht vorwärts. Da tauscht Sigurd mit Gunnar die Gestalt,
Grani erkennt die Sporen seines Herrn; das Schwert in der
Hand sprengt Sigurd durch die Flammen. Die Erde bebt,
das Feuer wallt brausend zum Himmel, dann erlischt es.

In Gunnars Gestalt steht der Held, auf sein Schwert gestützt, vor Brynhild, die gewappnet dasitzt.   Zweifelmütig
schwankt sie auf ihrem Sitze wie ein Schwan auf den Wogen.
Doch er mahnt sie, daß sie dem zu folgen gelobt, der das
Feuer durchreiten würde.   Drei Nächte bleibt er und teilt
ihr Lager, aber sein Schwert liegt zwischen beiden.   Sie
wechseln die Ringe und bald wird Gunnars Hochzeit mit
Brynhild gefeiert.

Einst gehen Brynhild und Gudrun zum Rhein, ihre
Haare zu waschen.   Brynhild tritt höher hinauf am Strome,
sich rühmend, daß ihr Mann der bessere sei.   Zank erhebt
sich zwischen den Frauen über den Wert und die Thaten ihrer
Männer.   Da sagt Gudrun, daß Sigurd es war, der durch
das Feuer ritt, bei Brynhild weilte und ihren Ring empfing.
Sie zeigt das Kleinod, Brynhild aber wird todesblaß und
geht schweigend heim.   Kein Schlaf befällt sie, sie sinnt auf
Unheil: Sigurds Tod verlangt sie von Gunnar, oder sie will
nicht länger mit ihm leben.   Högni widerrät.

Zuletzt wird Guthorm, der Stiefbruder, der an der
Blutsbrüderschaft mit Sigurd nicht teilgenommen, zum Morde
gereizt.   Schlange und Wolfsfleisch wird ihm zu essen gegeben,
daß er grimmig werde.   Er geht hinein zu Sigurd, morgens,
als dieser im Bette ruht; doch als Sigurd mit seinen scharfen
Augen ihn anblickt, entweicht er; so zum andernmal; das
drittemal aber ist Sigurd eingeschlafen, da durchsticht ihn
Guthorm mit dem Schwerte.   Sigurd erwacht und wirft dem
Mörder das Schwert nach, das den Fliehenden in der Thüre
so entzwei schlägt, daß Haupt und Hände vorwärts, die
Füße aber in der Kammer zurückfallen.   Gudrun, die an
Sigurds Seite schlief, erwacht, in seinem Blute schwimmend.
Einen Seufzer stößt sie aus, Sigurd sein Leben.   Angstvoll

fchlägt fie die Hände zufammen, daß die Roffe im Stalle
fich regen und das Geflügel im Hofe kreifcht. Da lacht
Brynhild einmal von ganzem Herzen, als Gudruns Schreien
bis zu ihrem Bette fchallt.

Gudrun fitzt über Sigurds Leiche; fie weint nicht wie
andere Weiber, aber fie ift nahe daran, vor Harm zu fpringen.
Männer und Frauen kommen, fie zu tröften, die Frauen erzählen jede ihr eigenes Leid, das bitterfte, das fie erlebt,
wie fie Männer, Kinder, Gefchwifter auf den Walftatt, auf
dem Meere verloren, wie fie Gefangenfchaft und Knechtfchaft
erdulbet; doch nimmer kann Gudrun weinen, fteinharten Sinnes
fitzt fie bei der Leiche. Da fchwingt eine der Frauen das
Tuch ab von Sigurds Leiche. Auf fchaut da Gudrun, fieht
des Helden Haare blutberonnen, die klaren Augen erlofchen,
die Bruft vom Schwerte durchbohrt. Da finkt fie nieder aufs
Polfter, ihr Haar löft fich, die Wange rötet fich, und ein
Thränenfchauer ftürzt ihr nieder auf die Knie.

Brynhild aber will nicht länger leben, umfonft legt
Gunnar feine Hände um ihren Hals. Sie fticht fich das
Schwert ins Herz und bittet noch fterbend, mit Sigurd auf
hochragendem Scheiterhaufen verbrannt zu werden, dem Geliebten an der Seite und das Schwert zwifchen ihnen, wie
vormals. [Nach Uhland.]

Für diefen Teil der Sage fließen die nor-
difchen Quellen am reichften, und wir haben mehr-
fache Parallelberichte; daher kommt es jedoch auch, daß
fich in den verfchiedenen Darftellungen zahlreiche Widerfprüche
und Verworrenheiten finden, deren Löfung dadurch erfchwert
ift, daß eine Lücke in dem großen Codex der Liederebba uns
die Kenntnis gerade der wichtigften Lieder entzieht.

Einerseits finden wir Darstellungen, welche voraussetzen, die unbenannte Walküre, die Sigurd aus dem Zauberschlafe erweckt, sei Brynhild, anderseits giebt es Quellen, die beide zu verschiedenen Personen machen, oder auch von der ersten Walküre gar nichts wissen, sondern Sigurd zum erstenmal als Gunnars Vertreter zu Brynhild bringen lassen, und Brynhilds Rache dann mit Zorn über den Betrug, nicht mit Gram um ihre verratene Liebe, motivieren. Ueber die Frage, welche von beiden Auffassungen die ältere, ursprünglichere sei, sind die Meinungen geteilt; Verfasser hält mit Müllenhoff, Sijmons u. a. daran fest, daß die Walküre, die Sigurd er= weckt und mit der er sich verlobt, Brynhild ist, und alle Ab= weichungen der Quellen als unursprüngliche Verdunkelungen und Entstellungen dieses alten echten Verhältnisses aufzu= fassen sind.

Die deutsche Sagenüberlieferung weiß über diesen Teil der Sage mehr zu berichten, als über die vorhergehenden, von denen wir nur Spuren fanden, aber wie alles Mythische, so ist auch hier das Ver= hältnis Siegfrieds zu Brünhild sehr zurückgetreten und ver= blaßt; von Brünhilds Schicksal nach Siegfrieds Tod erfahren wir nichts; nach dem Nibelungenliede müßten wir annehmen, die deutsche Sage habe von der Erweckung einer Walküre durch Siegfried garnichts gewußt, sondern gleich einem Teile der nordischen Lieder Siegfried zum erstenmale als Gunthers Werber Brünhilden erblicken lassen, wenn nicht dunkle Spuren im Nibelungenlied auf frühere Bekanntschaft Brünhildens und Siegfrieds deuteten, und wenn das Seyfriedslied uns nicht die Befreiung einer Jungfrau auf einem Felsen durch Siegfried überliefert hätte, die der Erweckung der Walküre durch Sigurd entspricht; mag auch das Lied die Jungfrau

mit Kriemhild identifizieren, so raubt diese junge, leicht er=
kennbare Umgestaltung dem Zeugnis keinen Wert; die chrono=
logische Anordnung (Siegfrieds Jugend im Walde — Drachen=
kampf — Befreiung der Jungfrau — Ankunft an Gibichs
Hof) zeigt deutlich, daß hier jener alte Sagenzug bewahrt ist,
den das Nibelungenlied voraussetzt, aber nicht mehr bewahrt
hat, und den wir nur in einigen (nicht allen) nordischen
Quellen rein wiederfinden.

Endlich beweist die altbezeugte Benennung einer
Felsklippe auf dem Feldberg im Taunus: lapis, qui
vulgo dicitur lectulus Brunnihilde (Urkunde von 1043)
durch den Ausdruck „Lager der Brünhild", daß die deutsche
Sage die auf dem Berge schlafende Jungfrau kannte, die hier
lokalisiert wurde, wie ja auch im Norden noch nicht vergessen
ist, daß der Berg der schlafenden Walküre im Frankenlande,
auf dem Wege Sigurds von der Gnitaheide nach dem Rheine
liegt.   Von sonstigen Abweichungen der nordischen Sagen=
gestalt beachte man, daß Hagen ein Bruder Gunnars ist (in
der deutschen Sage ist er nur entfernt verwandt), und daß
nicht er, sondern sein Stiefbruder, Guthorm, den Mord
vollführt.   Doch ist auch Hagen als Mörder Sigurds (an
Stelle Guthorms) der Edda nicht unbekannt.

5. Der Untergang der Gjukunge.

Der Hunnenkönig Atli [den die junge nordische Sagen=
verschmelzung zu einem Bruder Brynhilds macht] verlangt
Gudrun zum Weibe.   Sie weigert sich, Unheil voraussehend
und ihrem Kummer über Sigurds Tod nachhängend, doch
gelingt es Grimhild, ihr durch einen Vergessenheitstrank die
düsteren Erinnerungen aus dem Gedächtnis zu löschen, und

sie wird Atlis Weib. Atli giert nach dem ungeheuren Horte, den die Gjukungen nach Sigurds Tod besitzen und ladet seine Schwäger verräterisch ein. Umsonst warnt sie Gudrun durch Runen und Zeichen, umsonst flehen ihre Frauen, durch böse Träume geschreckt, von der Reise abzustehen.

Trotz der eigenen Unheilsahnung machen sich die furcht= losen Helden auf den Weg, nachdem sie den Niflungenhort in den Rhein versenkt; so mächtig rudern die Fürsten über den Fjord, daß die Ruderpflöcke zerbrechen; ihr Schiff lassen sie, am Lande angekommen, vom Wasser forttreiben. Zur Burg gelangt, werden sie von Atlis Scharen angefallen; Gudrun eilt ihnen gewaffnet zu Hilfe und kämpft an ihrer Seite, doch die Mannen fallen, und Gunnar und Högni werden gefesselt. Atli verlangt von Gunnar zu wissen, wo der Hort verborgen sei; „erst bringe mir das Herz Högnis", antworte er. Sie schneiden einem Knechte, Hjalli, das Herz aus und bringen es ihm auf blutiger Schüssel. Doch Gunnar spricht verächtlich: „Das ist das Herz Hjallis des Feigen, noch jetzt bebt es vor Angst." Da schneiden sie Högni das Herz aus dem Leibe; mit lachenden Lippen erleidet der Held den gräß= lichen Tod. Da sprach Gunnar:

„Hier halt' ich das Herz   Högnis des Kühnen,
es bebt nicht sehr   auf dem Boden der Schüssel,
als die Brust es barg,   erbebt' es noch minder.

Nicht schauen wirst Du   die Schätze jemals,
wie dich selbst, o Atli,   kein Auge bald sieht.

Nun weiß ich allein,   wo die Wogenglut liegt,
der Hort der Niflunge —   Högni ist tot;
als wir zwei noch gelebt,   war mein Zweifel schwach,
nun als letzter ich leb',   bin ich lebig des Zweifels.

Der reißende Rhein nun hüte,   was Recken zum Streit
                                              entflammte,
das einst die Asen besessen,   das alte Niflungenerbe!
Im rinnenden Wasser besser   sind die Ringe des Unheils
                                              verborgen,
als wenn an hunnischen Händen   das helle Gold er-
                                              glänzte!" [1])

Da befahl Atli, Gunnar in die Schlangengrube zu
werfen, er aber schlug eine Harfe und besänftigte damit alle
Nattern, nur eine nicht, die stach ihn ins Herz, und so fand
Gunnar den Tod. Gudrun aber sann auf Rache; sie tötete
ihre und Atlis beiden Knaben, gab ihm aus deren Hirn=
schalen beim Feste ihr Blut mit Bier gemischt zu trinken,
und setzte ihm ihre Herzen vor. In der Nacht durchbohrte
sie Atli mit scharfer Klinge und zündete die Halle an; das
uralte Gebälk barst, und die Glut verzehrte alle, die drinnen
waren. [2])

Der entscheidende Unterschied der nordischen und deutschen
Sagen=Fassung springt in die Augen: In der deutschen
Sage rächt Kriemhild (= Gudrun) Siegfrieds Tod
an ihren Brüdern, in der nordischen den Tod
ihrer Brüder an Atli. Daß die nordische Gestalt hierin
das ursprüngliche Verhältnis bewahrt hat, wird aus den Er=
örterungen über die historischen Grundlagen der Nibelungen=
sage hervorgehen.

---

[1]) Atlakviþa, Str. 25—29, übers. von Gering.
[2]) (Nach den Eddaliedern Guþrúnar Kviþa II, Atlakviþa, Atlamál).
Die ursprüngliche Sagengestalt endete wohl hier damit, daß Gudrun — wie
Signy — nach vollbrachtem Rachewerk ihren Tod in den Flammen fand.
Doch in den erhaltenen Berichten ist die Nibelungensage mit der Ermanrich=
sage dadurch verschmolzen, daß Gudrun sich nach Atlis Untergang ins Meer
stürzt, jedoch von den Wellen an ein anderes Land getragen wird, dessen König
sie heiratet; sie wird die Mutter Hambirs und Sörlis (s. S. 110).

B. Deutsche Sagengestalt.

Hauptquellen.

I. Oberdeutsche.

1. Das Nibelungenlied, entstanden auf Grund älterer Lieder (die Lachmann noch aussondern zu können glaubte) in Südostdeutschland (Oesterreich) um das Jahr 1200. Ueber die Handschriften und ihr Verhältnis, Ausgaben rc., s. Sammlung Göschen Nr. 10a: Der Nibelunge Nôt, 3. Aufl.

2. Die Klage, ein Gedicht in höfischen Reimpaaren, ebenfalls auf Grund älterer Vorlagen, um 1200 im Südosten, ungewiß, ob vor (Lachmann, W. Grimm) oder nach (Bartsch) dem Nibelungenliede gedichtet. Das Gedicht schildert die Ereignisse, bezw. die Klagen der Hinterbliebenen nach dem Untergange der Burgunderkönige, und weicht in manchen Einzelheiten von den Angaben des N.-L. ab. Ausgaben s. a. a. O.

3. Das Seyfriedslied, nur in Drucken des 16. Jahrh. erhalten, aber auf alte Spielmannslieder des 13. Jahrh. zurückgehend. Ausgabe von W. Golther 1889. Gegenüber der im Nibelungenlied und der Klage enthaltenen bayrisch-österreichischen Sagenform repräsentiert das Seyfriedslied wahrscheinlich eine junge rheinfränkische, wie es ja in manchen Punkten der altrheinfränkischen, die nach dem Norden wanderte und aus den Eddaliedern rekonstruierbar ist, näher steht.

II. Niederdeutsche.

Nach zahlreichen Zeugnissen zu schließen, muß in Niederdeutschland (Sachsen) der Heldensang im Mittelalter in hoher Blüte gestanden haben, doch ist uns in niederdeutscher Sprache nur ein einziges Lied in spätem Drucke (s. S. 117) erhalten. Die niederdeutschen Sagen und Lieder wanderten jedoch auch nach Dänemark und Norwegen und sind uns in Aufzeichnungen in dänischer und norwegischer Sprache erhalten.

1. Ein Abschnitt der Thidrekssaga, einer ausführlichen Erzählung in Prosa, die in Norwegen um das Jahr 1250 haupt-

ſächlich auf Grund von Erzählungen und Liedern niederdeutſcher Männer verfaßt wurde, und uns den ganzen ſächſiſchen Sagen- ſchatz in cyfliſcher Verbindung bewahrt hat. Ueberſetzung von Raßmann im 2. Bande ſeiner „Heldenſage"; von v. d. Hagen. Nordiſche Heldenromane 1814¹, 1855², 1873³.

2. Zahlreiche altdäniſche „Kæmpeviſer" (Heldenballaden) gehen auf niederdeutſche Lieder zurück, ſo auch die auf die Nibe- lungenſage bezüglichen drei Lieder von „Grimilds Rache." Dieſe und andere altdäniſche Balladen ſind von W. Grimm überſetzt (Altdäniſche Heldenlieder und Balladen 1811); die auf die Nibe- lungenſage bezüglichen auch bei Raßmann I, 295 ff. (auf ſkandi- naviſcher Faſſung beruhend), II, 107 ff. (auf niederdeutſche Lieder zurückgehend). Vgl. den Abſchnitt „Fortleben und Aus- klänge der Sage."

Abkürzungen: NL Nibelungenlied, SL Seyfriedslied, ThS Thidrekſſaga.

1. Siegfrieds Tod.[1]

In Burgunden erwuchs Jungfrau Kriemhild, die ſchönſte in allen Landen. Drei königliche Brüder haben ſie in Pflege, Gunther, Gernot und der junge Giſelher. Zu Worms am Rheine wohnen ſie in großer Macht; kühne Recken ſind ihre Dienſtmannen: Hagen von Tronje und ſein Bruder Dank- wart, der Marſchall; Gere und Eckewart, zwei Markgrafen; Volker von Alzei, der Spielmann und andere mehr. Einſt träumt Kriemhilden, wie ein ſchöner Falke, den ſie gezogen, von zwei Aaren ergriffen wird. Ute, ihre Mutter, deutet dieſes auf einen edlen Mann, den Kriemhild frühe verlieren möge. Aber Kriemhild will immer ohne Mannes Minne leben. Viele werben vergeblich um ſie.

---

[1] Nach dem Nibelungenlied (Uhlands Inhaltsangabe).

Da hört auch Siegfried, Sohn des Königs Siegmund und der Siegelind zu Santen in Niederlanden, von ihrer großen Schönheit. In früher Jugend schon hat er Wunder mit seiner Hand gethan; den Hort der Nibelunge hat er gewonnen, samt dem Schwerte Balmung und der Tarnkappe,¹) den Lindwurm erschlagen und in dem Blute seine Haut zu Horn gebadet. Selbzwölfte zieht er jetzt aus, Kriemhilden zu erwerben, umsonst gewarnt von den Eltern vor der burgundischen Recken Uebermut. Köstlich ausgerüstet, reitet er zu Worms auf den Hof und fordert den König Gunther zum Kampf um Land und Leute. Doch im Gedanken an die Jungfrau läßt er sich begütigen und bleibt ein volles Jahr in Freundschaft und Ehre dort, ohne Kriemhilden zu sehen. Sie aber blickt heimlich durch das Fenster, wenn er auf dem Hofe den Stein oder den Schaft wirft.

Siegfried heerfahrtet für Gunthern gegen die Könige Liudeger von Sachsenland und dessen Bruder, Liudegast von Dänemark; beide nimmt er gefangen. Gunther aber bereitet seinen Helden ein großes Fest, bei dem Siegfried Kriemhilden sehen soll; denn die Könige wollen ihn festhalten. Wie aus den Wolken der rote Morgen, geht die Minnigliche hervor; wie der Mond vor den Sternen, leuchtet sie vor den Jungfrauen, die ihr folgen; Dienstmannen, Schwerter in den Händen, treten voran. Sie grüßt den Helden, sie geht an seiner Hand; nie in Sommerzeit noch Maientagen gewann er solche Freude.

Fern über See, auf Island, wohnt die schöne Königin Brünhild. Wer ihrer Minne begehrt, muß in drei Spielen

---

¹) d. h. ein hehlender, unsichtbar machender Mantel, wie solche (auch Helkappe, Nebelkappe genannt) Zwergen und unterirdischen Wesen vom Volksglauben zugeschrieben werden.

ihr obfiegen, in Speerfchießen, Steinwurf und Sprung; fehlt
er in einem, fo hat er das Haupt verloren. Auf fie ftellt
König Gunther den Sinn und gelobt feine Schwefter dem
kühnen Siegfried, wenn er ihm Brünhilden erwerben helfe.
Mit Hagen und Dankwart befteigen die beiden ein Schifflein
und führen felbft das Ruder. Sie fahren mit gutem Winde
den Rhein hinab in die See. Am zwölften Morgen kommen
fie zur Burg Ifenftein, wo Brünhild mit ihren Jungfrauen
im Fenfter fteht. Sie reiten in die Burg. Brünhild grüßt
Siegfried vor dem Könige. Die Kampffpiele heben an;
unfichtbar durch die Tarnkappe fteht Siegfried bei Gunthern;
er übernimmt die Werke, der König die Geberde. Brünhild
ftreift fich die Aermel auf, einen Schild faßt fie, den vier
Kämmerer kaum hergetragen, einen Speer, gleichmäßig fchwer,
fchießt fie auf Gunthers Schild, daß die Schneide hindurch=
bricht und die beiden Männer ftraucheln; aber kräftiger noch
wirft Siegfried den umgekehrten Speer zurück. Einen Stein,
den zwölf Männer mühlich trügen, wirft fie zwölf Klafter
weit und über den Wurf hinaus noch fpringt fie in klingen=
dem Waffenkleid; doch weiter wirft Siegfried den Stein,
weiter trägt er den König im Sprunge. Zürnend erkennt
Brünhild fich befiegt und heißt ihre Mannen Gunthern hul=
digen.

Brünhild wird nun heimgeführt und zu Worms herrlich
empfangen. Am gleichen Tage führt Gunther Brünhilden,
Siegfried Krimhilden in die Brautkammer. Doch Brünhild
hat geweint, als fie Kriemhilden bei Siegfried am Mahle
fitzen fah; vorgeblich, weil ihr leid fei, daß des Königs
Schwefter einem Dienftmann gegeben werde; und in der
Hochzeitsnacht will fie nicht Gunthers Weib werden, bevor
fie genau wiffe, wie es fo gekommen. Sie erwehrt fich

Gunthers, bindet ihm mit einem Gürtel Hände und Füße zusammen und läßt ihn so die Nacht über an einem Nagel hoch an der Wand hängen. Siegfried bemerkt am andern Tage des Königs Traurigkeit, errät den Grund und verspricht, ihm die Braut zu bändigen. In der Tarnkappe kommt er die nächste Nacht in Gunthers Kammer, ringt gewaltig mit Brünhilden und bezwingt sie dem Könige. Einen Ring, den er heimlich ihr vom Finger gezogen, und den Gürtel nimmt er mit sich hinweg. Bald hernach führt er Kriemhilden in seine Heimat nach Santen, wo sein Vater ihm die Krone abtritt.

Zehn Jahre vergehen und stets denkt Brünhild, warum Siegfried von seinem Lande keinen Lehendienst leiste. Sie beredet Gunthern, den Freund und die Schwester zu einem großen Fest auf nächste Sonnenwende zu laden. Der alte Siegmund reitet mit ihnen nach Worms. In festlicher Freude verbringen sie zehn Tage. Am elften, vor Vesperzeit, als Ritterspiel auf dem Hofe sich hebt, sitzen die zwei Königinnen zusammen. Da rühmt Kriemhild ihren Siegfried, wie er herrlich vor allen Recken gehe. Brünhild entgegnet, daß er doch nur Gunthers Eigenmann sei. So eifern sie in kränkenden Worten, und als man nun zur Vesper geht, kommen sie, die sonst immer beisammen gingen, jede mit besonderer Schar ihrer Jungfrau'n zum Münster. Brünhild heißt Kriemhilden als Dienstweib zurückstehn; da wirft Kriemhild ihr vor, sie sei nur das Kebsweib Siegfrieds und geht in das Münster vor der weinenden Königin. Nach dem Gottesdienste verlangt Brünhild von Kriemhilden Beweis jener Rede. Kriemhild zeigt Ring und Gürtel, die Siegfried ihr gegeben, und abermals weint die Königin. Umsonst schwört Siegfried im Ringe der Burgunden, daß er Brünhilden nicht geminnet.

Hagen gelobt, ihr Weinen an Siegfried zu rächen, und er zieht die Königin in den Mordrat.

Falsche Boten werden bestellt und reiten zu Worms ein, als hätten sie von Liudeger und Lindegast, die man auf Treu' und Glauben freigelassen, neuen Krieg anzusagen. Siegfried, der seinen Freunden stets gerne dient, erbietet sich alsbald, den Kampf für sie zu bestehen. Als das Heer bereit ist, nimmt Hagen von Kriemhilden Abschied. Sie bezeigt Reue über das, was sie Brünhilden gethan, und bittet ihn, über Siegfrieds Leben in der Schlacht zu wachen. Deshalb vertraut sie ihm, daß Siegfried an einer Stelle, zwischen den Schultern, verwundbar sei, wohin ihm ein Lindenblatt gefallen, als er sich im Blute des Drachen gebadet. Diese Stelle zu bezeichnen, näht sie, nach Hagens Rat, auf ihres Mannes Gewand ein kleines Kreuz. Hagen freut sich der gelungenen List, und kaum ist Siegfried ausgezogen, so kommen andere Boten mit Friedenskunde.

Ungerne kehrt Siegfried um; statt der Heerfahrt soll nun im Wasgenwald eine Jagd auf Schweine, Bären und Wisende (wilde Ochsen) gehalten werden. Weinend ohne Maß, entläßt Kriemhild ihren Gemahl. Ihr hat geträumt, wie ihn zwei wilde Schweine über die Heide gejagt und die Blumen von Blute rot geworden, wie zwei Berge über ihm zusammengefallen und sie ihn nimmermehr gesehen. Mit Gunthern, Hagen und großem Jagdgefolge reitet Siegfried zum Walde. Gernot und Giselher bleiben daheim. Die Jagdgesellen trennen sich, damit man sehe, wer der beste Weidmann sei. Siegfried gewinnt Lob vor allen. Schon wird zum Imbiß geblasen, als Siegfried einen Bären aufjagt. Er springt vom Rosse, läuft dem Tiere nach, fängt es und bindet es auf seinen Sattel. So reitet er zur Feuer-

stätte; herrlich ist sein Jagdgewand, mächtig der Bogen, den
nur er zu spannen vermag, reich der Köcher, von Golde das
Horn. Als er abgestiegen, läßt er den Bären los, der unterm
Gebell der Hunde durch die Küche rennt, Kessel und Bränbe
zusammenwirft, zuletzt aber von Siegfried ereilt und mit dem
Schwert erschlagen wird.

Die Jäger setzen sich zum Mahle; Speise bringt man
genug, aber die Schenken säumen. Hagen giebt vor, er habe
gemeint, das Jagen soll heut im Spessart sein, dorthin hab'
er den Wein gesandt. Doch hier nahe sei ein kühler Brunnen.
Zu diesem beredet er mit Siegfried einen Wettlauf. Sie
ziehen die Kleider aus; wie zwei Panther laufen sie durch
den Klee; Siegfried, all sein Waffengerät mit sich tragend,
erreicht den Brunnen zuerst. Doch trinkt er nicht, bevor der
König getrunken. Wie er sich zur Quelle neigt, faßt Hagen
den Speer, den Siegfried an die Linde gelehnt, und schießt
ihn dem Helden durch das Kreuzeszeichen, daß sein Blut an
des Mörders Gewand spritzt. Hagen flieht, wie er noch vor
keinem Manne gelaufen. Siegfried springt auf, die Speer=
stange ragt ihm aus der Wunde, den Schild rafft er auf,
denn Schwert und Bogen trug Hagen weg; so ereilt er den
Mörder und schlägt ihn mit dem Schilde zu Boden. Aber
dem Helden weicht Kraft und Farbe, blutend fällt er in die
Blumen; die Verräter scheltend, die seiner Treue so gelohnt,
und doch Kriemhilden dem Bruder empfehlend, ringt er den
Todeskampf.

In der Nacht führen sie den Leichnam über den Rhein.
Hagen heißt ihn vor Kriemhilds Kammerthür legen. Als
man zur Mette läutet, bringt der Kämmerer Licht und sieht
den blutigen Toten, ohne ihn zu erkennen. Er melbet es
Kriemhilden, die mit ihren Frauen zum Münster gehen will.

Sie weiß, daß es ihr Mann ist, noch ehe sie ihn gesehen; zur Erde sinkt sie und das Blut bricht ihr aus dem Munde. Der alte Siegmund wird herbeigerufen; Burg und Stadt erschallen von Wehklage. Am Morgen wird der Leichnam auf einer Bahre im Münster aufgestellt. Da kommen Gunther und der grimme Hagen; der König jammert. „Räuber", sagt er, „haben den Helden erschlagen". Kriemhild heißt sie zur Bahre treten, wenn sie sich unschuldig zeigen wollen; da blutet vor Hagen die Wunde des Toten. Drei Tage und drei Nächte bleibt Kriemhild bei ihm; sie hofft, auch sie werde der Tod hinnehmen. Als darauf Siegfried zu Grabe getragen wird, heißt Kriemhild den Sarg wieder aufbrechen, erhebt noch ein= mal sein schönes Haupt mit ihrer weißen Hand, küßt den Toten, und ihre lichten Augen weinen Blut. Freudlos kehrt der König Siegmund heim. Kriemhild geht täglich zum Grabe des Geliebten.

Vierthalb Jahre spricht sie kein Wort mit Gunthern, und ihren Feind Hagen sieht sie niemals. Hagen aber trachtet, daß der Nibelungenhort in das Land komme. Gernot und Giselher bringen die Schwester erst dahin, daß sie Gunthern, mit Thränen, wieder begrüßt; dann wird sie beredet, den Hort, ihre Morgengabe von Siegfried, herführen zu lassen. Als sie aber das Gold freigebig austeilt, fürchtet Hagen den Anhang, den sie damit gewinne. Da werden ihr die Schlüssel abgenommen, und als sie darüber klagt, versenkt Hagen den ganzen Schatz im Rheine.

─────

Sagengestalt des Seyfriedsliedes.

Abweichende, und wie die Kritik der Sage erweist, ältere Vorstellungen von der Jugend Siegfrieds enthält das Seyfrieds= lied, das Siegfried bei einem Schmiede im Walde aufwachsen läßt, ohne daß er seine Eltern kennt. Auch nach der norddeutschen Sage (ThS) wächst Siegfried im Walde beim Schmiede Mimir auf. — Die sonstigen Abweichungen des SL sind schon besprochen, doch sei der Inhalt hier kurz im Zusammenhange vorgeführt. Die Gestalt, in der uns das SL erhalten ist, vereinigt zwei Lieder, die sich zum Teile widersprechen.

I. Es saß in Niederlanden ein mächtiger König, Sigmund genannt, der hatte einen Sohn Seyfried. Da der Knabe wild und unbändig war, sandte ihn der Vater in die Welt. Seyfried kam zu einem Schmiede, der ihn zum Lehrling annahm; als aber Seyfried nichts als Unfug trieb, sandte ihn der Meister zu einer Linde, wo ein Drache lag, in der Hoffnung, der werde ihn verschlingen. Doch Seyfried erschlug den Drachen und viel anderes Gewürme, verbrannte das und bestrich sich mit dem flüssigen Horne der Untiere den Leib, so daß er ganz hörnern wurde, bis auf eine Stelle zwischen den Schultern; an der erlitt er später den Tod. — In einer Steinwand fand Seyfried den Hort des Zwerges Nybling, um den sich später im Hunnenlande jämmerlicher Mord erhob. — Nun zog Seyfried an König Gybichs Hof und diente ihm seine Tochter ab.

II. Am Rheine zu Worms herrschte König Gybich, der hatte drei Söhne, Günther, Hagen, Gyrnot und eine Tochter Krimhild. Ein wilder Drache raubte die Maid und entführte sie auf einen Berg, wo er sie bewachte. Zu diesen Zeiten lebte ein stolzer Jüngling, Seyfried, der Sohn Sigmunds und Siglindens; er kannte aber seine Eltern nicht, sondern war im finstern Tann bei einem Meister aufgewachsen. Eines Tages verirrt er sich auf der Jagd zum Drachensteine. Der Zwergenkönig Eugel, der ihm begegnet, giebt ihm Kunde von seinen Eltern, und warnt ihn vor dem Drachen, doch als

Seyfried hört, der Drache halte Krimhild gefangen, gelobt er
ſie zu befreien. Er beſiegt den Rieſen Kuperan, der den
Schlüſſel zum Steine hat, und dann in hartem Kampfe den
Drachen, der feuerſpeiend zu Fels fährt. Mit Krimhild und
dem Horte Nyblings, den er im Berge gefunden, reitet der
Held von dannen; da ihm aber Eugel frühen Tod weiſſagt,
ſchüttet er den Schatz in den Rhein. An König Gybichs
Hof wird die Hochzeit gehalten, aber ſchon nach acht Jahren
erſticht der grimme Hagen ſeinen Schwager im Ottenwald
ob einem Brunnen.

2. Der Nibelunge Not.

Dreizehn Jahre hat Kriemhild im Witwentum gelebt.
Da ſtirbt Frau Helche, des gewaltigen Hunnenkönigs Etzel
Gemahlin. Ihm wird geraten, um die edle Kriemhild zu
werben, und er ſendet nach ihr den Markgrafen Rüdiger mit
großem Geleite. Den Königen zu Worms iſt die Werbung
willkommen; Hagen aber widerrät. Kriemhild ſelbſt wider-
ſtrebt lange. Erſt als Rüdiger heimlich mit ihr ſpricht und
ihr ſchwört, mit allen ſeinen Mannen jedes Leid, das ihr
widerfahre, zu rächen, hofft ſie noch Rache für Siegfrieds
Tod und reicht ihre Hand dar. Sie fährt mit den Boten
hin, im Geleit ihrer Jungfrau'n und des Markgrafen Eckewart, der mit ſeinen Mannen ihr bis an ſein Ende dienen
will. So kommen ſie gen Etzelnburg, wo Kriemhild fortan
gewaltig an Helchen Stelle ſitzt. Sie geneſt eines Sohnes,
der Ortlieb genannt wird.

Aber in dreizehn Jahren ſolcher Ehre vergißt ſie nicht
ihres Leides; allezeit denkt ſie, wie ſie es räche. Sie bewegt
Etzel, ihre Brüder zu einem Feſt auf nächſte Sonnenwende
herzuladen. König Gunther beſpricht ſich mit ſeinen Brüdern

und Mannen über die Botschaft. Hagen, des Mordes ein-
gedenk, rät ab von der Reise; als aber Gernot und Giselher
ihn der Furcht zeihen, schließt er zürnend sich an, rät jedoch,
mit Heereskraft auszufahren. Als sie zur Fahrt bereit sind,
hat Frau Ute einen bangen Traum, wie alles Geflügel im
Lande tot sei.

Mit großem Heere erheben sich die Könige; durch Ost-
franken ziehen sie zur Donau, zuvorderst reitet Hagen. Der
Strom ist angeschwollen und kein Schiff zu sehen. Hagen
geht gewappnet umher, einen Fährmann suchend. Er hört
Wasser rauschen und horcht; in einem schönen Brunnen baden
Meerweiber. Er schleicht ihnen nach; aber ihn gewahrend,
entrinnen sie und schweben, wie Vögel, auf der Flut. Ihr
Gewand jedoch hat er genommen und die eine, Hadeburg,
verspricht ihm, wenn er es wieder gebe, das Geschick der Reise
vorherzusagen. Wirklich verkündet sie, daß die Fahrt in Etzels
Land wohl ergehen werde. Als er darauf die Kleider zurück-
gegeben, warnt die andere, Sieglind, jetzt noch umzukehren,
sonst werden sie alle bei den Hunnen umkommen, nur des
Königs Kapellan werde heimgelangen. Noch sagen sie ihm, wenn
er die Fahrt nicht lassen wolle, wie er über das Wasser komme.

Jenseits des Stromes wohnt der Ferge des bayrischen
Markgrafen Else; laut ruft Hagen hinüber und nennt sich
Amelrich, einen Mann des Markgrafen; hoch am Schwerte
bietet er einen Goldring als Fährgeld. Der Ferge rudert
herüber; als er sich aber betrogen sieht und Hagen nicht vom
Schiffe weichen will, schlägt er den Helden mit Ruder und
Schalte. Hagen greift zum Schwerte, schlägt dem Fergen
das Haupt ab und wirft es an den Grund. Dann bringt
er das Schiff, das von Blute raucht, zu seinen Herrn und
fährt selbst, den ganzen Tag arbeitend, das Heer über; die

Rosse werden schwimmend übergetrieben. Den Kapellan aber schwingt Hagen aus dem Schiffe und stößt ihn zu Grunde; dennoch kommt er unversehrt an das Ufer zurück. Hagen sieht, daß unvermeidlich sei, was die Meerweiber verkünbet; da schlägt er das Schiff zu Stücken und wirft es in die Flut und sagt den Recken ihr Schicksal, davor manches Helden Farbe wechselt.

Sie ziehen fürder durch Baierland, auch die Nacht hindurch, in der Hagen einen Angriff der Baiern auf die Nachhut abschlägt. Ueber Passau kommen sie auf Rüdigers Mark, wo sie den Hüter schlafend finden, dem Hagen das Schwert nimmt. Es ist Eckewart. Beschämt über seine üble Hut, empfängt er das Schwert zurück und warnt die Helden. Zu Pechlarn erfahren sie die Gastfreiheit des Markgrafen Rüdiger und seiner Hausfrau Gotelind. Die schöne Tochter des Hauses wird Giselhern verlobt; auch keiner der andern geht unbeschenkt hinweg. Rüdiger selbst mit fünfhundert Mannen begleitet die Helden zum Feste. Dietrich von Bern, der bei den Hunnen lebt, reitet mit seinen Amelungen den Gästen entgegen. Auch er warnt, daß die Königin noch jeden Morgen um Siegfried weine. Kriemhild steht im Fenster und blickt nach ihren Verwandten aus, der nahen Rache sich freuend.

Als die Burgunden zu Hofe reiten, fragt jedermann nach Hagen, der den starken Siegfried schlug. Der Held ist wohl gewachsen, von breiter Brust und langen Beinen; die Haare grau gemischt, schrecklich der Blick, herrlich der Gang. Zuerst küßt Kriemhild Giselhern; als Hagen sieht, daß sie im Gruß unterscheide, bindet er sich den Helm fest. Ihn fragt sie nach dem Horte der Nibelunge; Hagen erwidert, er hab' an Schild und Brünne, Helm und Schwert genug zu tragen gehabt. Als die Helden ihre Waffen nicht abgeben wollen, merkt

Kriemhild, daß sie gewarnt sind; wer es gethan, dem droht sie den Tod. Zürnend sagt Dietrich, daß er gewarnt.

Hagen nimmt sich Volkern zum Heergesellen. Sie zwei allein gehen über den Hof und setzen sich Kriemhilds Saale gegenüber auf eine Bank. Die Königin, durchs Fenster blickend, weint und fleht Etzels Mannen um Rache an Hagen. Sechszig derselben wappnen sich; als ihr diese zu wenig dünken, rüsten sich vierhundert. Die Krone auf dem Haupte, kommt sie mit dieser Schar die Stiege herab. Der über= müthige Hagen legt über seine Beine ein lichtes Schwert, aus dessen Knopf ein Jaspis scheint, grüner denn Gras; wohl er= kennt Kriemhild, daß es Siegfrieds war. Auch Volker zieht einen Fiedelbogen an sich, stark und lang, einem Schwerte gleich. Furchtlos sitzen sie da und keiner steht auf, als die Königin ihnen vor die Füße tritt. Sie wirft Hagen vor, daß er ihren Mann erschlagen; da spricht Hagen laut aus, daß er es gethan, räch' es, wer da wolle! Die Hunnen sehen einander an und ziehen ab, den Tod fürchtend. König Etzel, von all dem nichts wissend, empfängt und bewirtet die Helden auf das beste.

Zur Nachtruhe werden sie in einen weiten Saal geführt, wo kostbare Betten bereitet sind. Hagen und Volker halten vor dem Hause Schildwacht. Volker lehnt den Schild von der Hand, nimmt die Fiedel und setzt sich auf den Stein an der Thüre. Seine Saiten läßt er tönen, bis alle die Sorgenvollen entschlummert sind. Mitten in der Nacht glänzen Helme aus der Finsternis; es sind Gewaffnete, von Kriem= hilden geschickt; doch als sie die Thüre so wohl behütet sehen, kehren sie wieder um, von Volkern bitter gescholten. Morgens, da man zur Messe läutet, heißt Hagen seine Gefährten statt der Seidenhemde die Harnische nehmen, statt der Mäntel die

Schilde, statt der Kränze die Helme, statt der Rosen die Schwerter. Etzel fragt, ob ihnen jemand Leides gethan. Hagen antwortet, es sei Sitte seiner Herren, bei allen Festen drei Tage gewappnet zu gehen. Aus Uebermut sagen sie dem König ihren Argwohn nicht.

Ehe sie zu Tische sitzen, sucht Kriemhild Dietrichs Hilfe; doch er verweist ihr den Verrat an ihren Blutsfreunden. Williger findet sie Blödeln, Etzels Bruder, dem sie die Mark des erschlagenen Nudung und dessen schöne Braut verheißt. Mit tausend Gewappneten zieht er feindlich zur Herberge, wo Dankwart, der Marschall, mit den Knechten speist. Nach kurzem Wortwechsel springt Dankwart vom Tisch und schlägt ihm einen Schwertschlag, daß ihm das Haupt vor den Füßen liegt. Ein grimmer Kampf erhebt sich, bis all die Knechte tot liegen. Dankwart allein haut sich zum Saale durch, wo die Herren sind. Eben wird Ortlieb, Etzels junger Sohn, seinen Oheimen zu Tische getragen. Da tritt Dankwart in die Thür, mit bloßem Schwert, all sein Gewand mit Hunnen= blut beronnen. Laut rufend verkündet er den Mord in der Herberge. Hagen heißt ihn die Thüre hüten, daß kein Hunne herauskomme. Dann schlägt er das Kind Ortlieb, daß sein Haupt in der Königin Schoß springt. So wütet er fort im Saale. Volker sperrt innen die Thür, während Dankwart außen die Stiege wehrt.

Die Könige vom Rheine wollen den Streit erst scheiden; da es nicht möglich ist, kämpfen sie selbst als Helden. Kriem= hild ruft Dietrichs Hilfe an. Der Held, auf dem Tische stehend und mit der Hand winkend, läßt seine Stimme schallen, wie ein Wisendhorn. Gunther hört im Sturme den Ruf und gebietet Stillstand. Dietrich verlangt, daß man ihn und die Seinigen mit Frieden aus dem Hause lasse. Gunther gewährt es. Da nimmt der Berner die Königin unter den Arm, an der andern Seite führt er Etzeln, mit ihm gehen sechshundert Recken. Auch Rüdiger mit fünfhunderten räumt ungefährdet den Saal. Einem Hunnen aber, der mit Etzeln hinaus will, schlägt Volker das Haupt ab. Was von Hunnen im Saal ist, wird niedergehauen. Die Toten werden die Stiege hinabgeworfen. Vor dem Hause stehen viel tausend Hunnen. Hagen und Volker spotten ihrer Feigheit; umsonst beut die Königin einen Schild voll Goldes, samt Burgen und Land, dem, der ihr Hagens Haupt bringt.

An Etzels Hofe lebt Hawart von Dänemark mit seinem Markgrafen Jring und dem Landgrafen Irnfried von Thüringen. Jring vermißt sich zuerst, Hagen zu bestehen, und verwundet ihn im Kampfe, aber fällt dann von Hagens Hand. Ihn zu rächen, führen Hawart und Irnfried ihre Schar hinan; auch sie fallen vom Schwerte mit ihren tausend Mannen. Stille wird es nun, das Blut fließt durch Löcher und Rinnsteine. Auf den Toten sitzend, ruhen die Burgunden aus. Aber noch vor Abend werden zwanzigtausend Hunnen versammelt; bis zur Nacht währt der harte Streit.

Da versuchen die Könige noch, Sühne zu erlangen. Kriemhild begehrt vor allem, daß sie ihr Hagen herausgeben. Die Könige verschmähen solche Untreue. Darauf läßt Kriemhild die Helden alle in den Saal treiben und diesen an vier Enden anzünden. Vom Winde brennt bald das ganze Haus. Das Feuer fällt dicht auf sie nieder, mit den Schilden wehren sie es ab und treten die Brände in das Blut. Rauch und Hitze thut ihnen weh; vom Durst gequält, trinken sie auf Hagens Anweisung das Blut aus den Wunden der Erschlagenen; besser schmeckt es jetzt, denn Wein. Am Morgen sind ihrer noch sechshundert übrig zu Kriemhilds Erstaunen.

Mit neuem Kampfe beut man ihnen den Morgengruß.
Die Königin läßt das Gold mit Schilden herbeitragen, den
Streitern zum Solde. Markgraf Rüdiger kommt und sieht
die Not auf beiden Seiten. Ihm wird vorgeworfen, daß er
für Land und Leute, die er vom König habe, noch keinen
Schlag in diesem Streite geschlagen. Etzel und Kriemhild
flehen ihn fußfällig um Hilfe. Jener will ihn zum Könige
neben sich erheben; diese mahnt ihn des Eides, daß er all ihr
Leid rächen wolle. Was Rüdiger läßt oder beginnt, so thut
er übel. Er hat die Burgunden hergeleitet, sie in seinem
Hause bewirtet, seine Tochter, seine Gabe ihnen gegeben. Doch
er muß leisten, was er gelobt, steht auch Seel' und Leib auf
der Wage. Weib und Kind befiehlt er den Gebietern und
heißt seine Mannen sich rüsten. Kriemhild ist freudenvoll
und weint. Als Giselher den Schwäher mit seiner Schar
daherkommen sieht, freut er sich der vermeinten Freundeshilfe.
Rüdiger aber stellt den Schild vor die Füße und sagt den
Burgunden die Freundschaft auf. Schon heben sie die Schilde,
da verlangt Hagen noch eines. Der Schild, den ihm Frau
Gotelind gegeben, ist ihm vor der Hand zerhauen; er bittet
Rüdigern um den seinigen. Rüdiger giebt den Schild hin,
es ist die letzte Gabe, die der milde Landgraf geboten. Manches
Auge wird von heißen Thränen rot, und wie grimmig Hagen
ist, erbarmt ihn doch die Gabe. Er und sein Geselle Volker
geloben, Rüdigern nicht im Streite zu berühren. Hinan springt
Rüdiger mit den Seinen; sie werden in den Saal gelassen,
schrecklich klingen drin die Schwerter. Da sieht Gernot, wie
viel seiner Helden der Markgraf erschlagen, und springt zum
Kampfe mit diesem. Schon hat er selbst die Todeswunde
empfangen, da führt er noch auf Rüdigern den Todesstreich
mit dem Schwerte, das der ihm gegeben. Tot fallen beide

nieder, einer von des andern Hand. Die Burgunden üben grimmige Rache, nicht einer von Rüdigers Mannen bleibt am Leben. Als der Lärm im Saale verhallt ist, meint Kriemhild, Rüdiger wolle Sühne stiften, bis der Tote herausgetragen wird. Ungeheure Wehklage erhebt sich von Weib und Mann; wie eines Löwen Stimme erschallt Etzels Jammerruf.

Ein Recke Dietrichs hört das laute Wehe und meldet es seinem Herrn; der König oder die Königin selbst müsse umgekommen sein. Dietrich sendet den Helfrich, die Mähre zu erfragen. Dieser bringt die Kunde, daß Rüdiger samt seinen Mannen erschlagen sei. Der Berner will von den Burgunden selbst erfahren, was geschehen sei, und schickt den Meister Hildebrand. Zugleich rüsten sich, ohne Dietrichs Wissen, all seine Recken und begleiten den Meister. Hilde= brand befragt die Burgunden und Hagen bestätigt Rüdigers Tod; Thränen rinnen Dietrichs Recken über die Bärte. Der Meister bittet um den Leichnam. Wolfhart rät, nicht lange zu flehen. Sie sollen ihn nur aus dem Hause holen, er= widert Volker. Mit trotzigen Reden reizen sich die beiden. Da rennt Wolfhart in weiten Sprüngen dem Saale zu; zornvoll alle Berner ihm nach. Ein wütender Kampf beginnt. Volker erschlägt Dietrichs Neffen Sigestab, Hildebrand Vol= kern, Helfrich Dankwarten. Wolfhart und Giselher fallen einer von des andern Schwert.

Niemand bleibt lebend als Gunther und Hagen und von den Bernern Hildebrand, der mit einer starken Wunde von Hagens Hand entrinnt. Blutberonnen kommt er zu seinem Herrn. Als Dietrich den Tod Rüdigers bestätigen hört, will er selbst hingehen und befiehlt dem Meister, die Recken sich waffnen zu heißen. „Wer soll zu Euch gehn?" sagt Hildebrand; „was Ihr habt der Lebenden, die seht Ihr

bei Euch stehn." Mit Schrecken hört der Berner ben Tod
seiner Mannen. Einst ein gewaltiger König, jetzt der arme
Dietrich. Wer soll ihm wieder in sein Land helfen? O wehe,
daß vor Leid niemand sterben kann! Das Haus erschallt von
seiner Klage. Da sucht er selbst sein Waffengewand, der
Meister hilft ihn wappnen. Dietrich geht zu Gunthern und
Hagen, hält ihnen vor, was sie ihm Leides gethan, und verlangt Sühne. Sie sollen sich ihm zu Geißeln ergeben, dann
woll' er selbst sie heimgeleiten. Hagen nennt es schmählich,
daß zwei wehrhafte Männer sich dem einen ergeben sollen.
Schon als er den Berner kommen sah, vermaß er sich, allein
ben Helden zu bestehen. Des mahnt ihn jetzt Dietrich. Sie
springen zum Kampfe. Dietrich schlägt dem Gegner eine
tiefe Wunde, aber töten will er nicht ben Ermübeten; ben
Schild läßt er fallen und umschlingt jenen mit ben Armen.
So bezwingt er ihn und führt ihn gebunden zu der Königin.
Das ist ihr ein Trost nach herbem Leide. Dietrich verlangt,
daß sie den Gefangenen leben lasse. Dann kehrt er zu
Gunthern; nach heißem Kampfe bindet er auch diesen und
übergiebt ihn Kriemhilden mit dem Beding der Schonung.
Sie aber geht zuerst in Hagens Kerker und verspricht ihm das
Leben, wenn er wiedergebe, was er ihr genommen. Hagen
erklärt, er habe geschworen, den Hort nicht zu zeigen, solang
seiner Herren einer lebe. Da läßt Kriemhild ihrem Bruder
das Haupt abschlagen und trägt es am Haare vor Hagen.
Dieser weiß nun allein den Schatz; nimmer, sagt er, soll sie
ihn erfahren. Aber ihr bleibt doch Siegfrieds Schwert, das
er getragen, als sie ihn zuletzt sah. Das hebt sie mit den
Händen und schlägt Hagen das Haupt ab. Der alte Hildebrand erträgt es nicht, daß ein Weib den kühnsten Recken
erschlagen durfte. Zornig springt er zu ihr, mit schweren

Schwertſtreich haut er ſie zu Stücken. So liegt all die Ehre
darnieder; mit Jammer hat das Feſt geendet, wie alle Luſt
zujüngſt zu Leide wird.

[Uhlands Inhaltsangabe des Nibelungenliedes.]

III. Die geſchichtlichen Grundlagen der Sage.

Wenn wir in deutſchen und nordiſchen Quellen einen
Burgunderkönig Gibich, nord. Gjûki, finden [im NL tritt
dafür Dancrât ein], dem drei Söhne zugeſchrieben werden:
Gunther, Gernot, Giſelher, nord. Gunnar, Guthormr,
Høgni [Hagen vertritt auch im SL Giſelher], ſo beſtätigen
hiſtoriſche Quellen einen Teil dieſer Namen als ge=
ſchichtlich. In der zu Anfang des 6. Jahrh. erlaſſenen
Lex Burgundionum zählt der König Gundobad ſeine Vor=
fahren und Vorgänger auf: Gibica, Godomar, Gislaharius
und Gundaharius. Wir haben in dieſen vier durch Allitte=
ration verbundenen Namen eine altburgundiſche hiſtoriſche Königs=
reihe überliefert, allerdings ohne Anhalt über die verwand=
ſchaftlichen Beziehungen und die chronologiſche Reihenfolge der
vier genannten; ob die Reihe eine zeitliche Abfolge der vier
Könige darſtellen ſoll, oder wir uns die letzten drei (wie in
der Sage) als Brüder und gemeinſame Herrſcher vorzuſtellen
haben — ein in der germaniſchen Geſchichte nicht unerhörtes
Verhältnis, vrgl. die drei Amalerbrüder S. 81 — bleibt un=
bekannt. Der Name Godomar iſt im Nordiſchen zu Guthormr
entſtellt, in deutſchen Sagenquellen durch Gernot vertreten;
für Giſelher trat im Nordiſchen (und im SL) Hagen ein.

Ueber den letztgenannten König Gundahari erfahren

wir aus anderen historischen Quellen mehr. **Seit 413 saffen die Burgunder**, ein oftgermanifcher, ben Goten verwandter Stamm, deffen ältefte uns bekannte Wohnfitze zwifchen Ober und Weichfel waren, in Germania prima, **am linken Rhein= ufer, etwa in der Gegend der heutigen Rheinpfalz.** Doch war ihr Reich nur von kurzer Dauer; bereits 435 wurden fie von Aëtius gefchlagen und **437 fiel der König Gundicarius mit feinem Gefchlechte und Volke vor den Waffen der Hunnen.** Die Refte der Bur= gunder fiedelten fich in Savoyen an und wurden bald romani= fiert; nach kaum hundertjährigem Beftehen ging auch diefes burgundifche Reich durch die Franken zu Grunde; der zweite König diefer favoyifchen Burgunder ift jener Gundobad, deffen vorhin erwähnt wurde. Die Kunde vom Untergange der rheinifchen Burgunden ift nur dürftig, wir erfahren nicht, woher diefe Hunnen kamen, ob fie Hilfsvölker des Aëtius waren, und ob Ueberfall oder Verrat, wie man vermuten darf, bei dem tragifchen Schickfale Gundaharis mitfpielten; aber fie genügt, uns die hiftorifche Grundlage der Sage vom Ende der Burgunderkönige durch die Hunnen erkennen zu laffen. Attila, der feit 433 mit feinem Bruder Bleda die Hunnen der Theißebene beherrfchte, war bei diefem Kampfe nicht be= teiligt; aber die Verbindung diefes Hunnenfieges mit dem be= rühmten Hunnenherrfcher ift fo natürlich, daß nicht bloß die Sage, fondern auch fpätere Hiftorifer Attila die Vernichtung der Burgunder zufchreiben.

Die Sage hat außer Etzel=Attila noch andere hiftorifche Geftalten des Hunnenreiches feftgehalten: **Bloedelin** ift der Bruder Attilas, **Bleda**, und **Helche** die hiftorifche Gemahlin Attilas, deren Name uns als **Kreka, Kerka** von griechifchen Gefchichtfchreibern überliefert ift; auch in der Verbindung

Theodorichs mit Attila spiegelt sich das historische Verhältnis der Ostgoten (vor Theodorich) zu Attila wieder (s. darüber näheres bei dem Dietrichsagenkreis). Aber auch dem Tode Attilas (nach nordischer Sagengestalt) liegt ein historischer Kern zu Grunde. Im Jahre 453 vermählte sich Attila mit einer Germanin Namens Hildico; am Morgen nach der Brautnacht fanden ihn seine Diener im Blute schwimmend: ein Blutsturz hatte in der Nacht seinem Leben ein Ende gemacht. Es ist begreiflich, daß schon damals das Gerücht sich verbreitete, Hildico habe ihn ermordet, und nicht lange dauert es, so wird das von Historikern als geschichtliche Thatsache berichtet; eine Begründung stellt sich auch bald ein, die (angebliche) Mordthat der Germanin wird als Rache für die Ermordung ihres Vaters (ihrer Verwandten) durch Attila erklärt. So können wir in historischen Quellen die Entwicklung einer geschichtlichen Sage verfolgen; die epische Sagenentwicklung ging weiter und brachte die Rache Hildicos mit der Vernichtung der Burgunder zusammen, indem sie Hildico zur Schwester der Burgunderkönige machte.

In dieser älteren Gestalt finden wir die Sage im Norden wieder, wo Gudrun den Tod ihrer Brüder an Atli rächt; die deutsche Sage hat einschneidende Aenderungen erfahren, die ihren Grund in der Verbindung der Burgundersage mit dem Siegfriedmythus haben. Der Zusammenhang der rächenden Kriemhild [für welchen Namen erst im Norden Gudrun eintrat] mit der Hildico der Geschichtschreiber tritt auch im Namen hervor; Hildico, eine Koseform von Hilde, kehrt im zweiten Gliede des Namens Kriemhilt wieder.

Weiter aber führen uns die historischen Anknüpfungspunkte nicht, wichtige Partien der Sage, wie die Verbindung der Burgunderkönige mit Siegfried, und einige Hauptpersonen

der Sage, wie Siegfried, Hagen, Brünhild, find historisch
unerklärlich; man hat zwar in Hagen[1]) Aëtius finden wollen,
in Siegfried verschiedene historische Persönlichkeiten vermutet,
z. B. den austrafischen König Sigibert, den Gemahl Bruni-
hildis, der auf Veranlaffung der berüchtigten Fredegunde 575
ermordet wurde, fogar Arminius in Siegfried fehen wollen,
aber alle diefe Erklärungs-Verfuche find unhaltbar; Siegfried
und die anderen erwähnten Sagengeftalten weifen auf ein
anderes Gebiet als das historifche, auf das Gebiet der Dichtung und des Mythus.

IV. Die mythische Grundlage der Sage.

Ein Held von übermenfchlicher Stärke und
Schönheit wird von einem dämonifchen Schmiede
im Walde erzogen, tötet einen Drachen und
gewinnt damit einen unermeßlichen Hort; er
bringt durch die Waberlohe, die einen Fels um-
flammt und weckt eine darauf fchlummernde Jungfrau aus dem Zauberfchlaf; er verlobt fich mit
ihr, aber vergißt fie infolge eines Vergeffen-
heitstrankes, der ihn in die Gewalt der Nibe-
lungenfürften bringt, deren Schwefter er heiratet; die eigene Braut überliefert er den Nibelungen und verliert feinen Hort an fie, indem
er ihrem Meuchelmorde zum Opfer fällt: fo etwa

---

[1]) Wenn in alten Quellen Hagen den Beinamen „von Troja", „von
Tronje" führt, fo ift das eine Uebertragung der halbgelehrten Fabel von dem
trojanifchen Urfprunge aller Franken auf die Perfon des berühmten, von
Franken befungenen und wohl auch als Franken aufgefaßten Helden, der dann
infolge der Namenähnlichkeit nach Tronje-Kirchberg im elfäffifchen Nordgau
verfetzt und derart den Wormfer Königen örtlich nahe gerückt wurde.

stellt sich uns die Geschichte Siegfrieds dar, die, jeder histo=
rischen Anknüpfung bar, in unseren Quellen mit der historischen
Sage von den Burgundern verbunden erscheint. Ist einerseits
der zweite Teil der Nibelungensage, der Untergang der Burgunder=
könige durch Attila, deutlich als historische Sage kenntlich, und
andererseits die Jugendgeschichte Siegfrieds bis zu seiner
Ankunft bei den Burgunderkönigen ebenso deutlich rein
mythische Dichtung, so erschwert der Umstand, daß wir den
Rest der Siegfriebdichtung nur in Verbindung mit der Sage
von den Gjukungen erhalten haben, die Scheidung beider
Bestandteile und Rekonstruktion des Siegfriedmythus.

Die Schwierigkeiten werden noch erhöht durch die
Abweichungen der Quellen, einerseits der deutschen von den
nordischen, andrerseits beider unter sich. Im Nordischen ist
Horterwerbung und Drachenkampf verbunden, im NL getrennt;
das SL jedoch zeigt uns, daß auch in Deutschland beide
Sagenelemente mit einander verbunden waren und daß die
Sagenform des NL eine Abweichung von der ursprünglichen
Sage ist; die Erzählung, wie Siegfried zwischen den streiten=
den Brüdern den Schatz teilen soll und sie dann beide er=
schlägt und sich selbst ihres Schatzes bemächtigt, ist ein
Märchenmotiv, das weit verbreitet ist und nichts mit dem
alten Mythus zu schaffen hat. Solche Schwankungen (s. das
Nähere in den Bemerkungen bei der Sagendarstellung) geben
schon bei der Rekonstruktion der ursprünglichen Siegfried=
dichtung den verschiedensten Ansichten Spielraum und infolge=
dessen noch mehr bei der mythologischen Erklärung der Ur=
gestalt der Sage; ein Eingehen auf die abweichenden Ansichten
ist hier ausgeschlossen und es muß genügen, hiermit auf das
teilweise Hypothetische einiger Einzelheiten der mythologischen
Sagenerklärung hingewiesen zu haben.

Die Berechtigung, die Grundlagen der Siegfriedjage mythisch zu erklären, ergiebt sich aus der Handlung selbst, deren Grundlinien wie auch einzelne Züge wir von anderwärts her als unzweifelhaft mythisch kennen. Die Erlegung eines Drachen und Hortgewinnung durch einen Helden ist eine aus allen arischen Mythologien wohlbekannte Heroisierungsform eines elementaren Naturvorganges: im Frühlingsgewitter erlegt eine Lichtgottheit den Wolkendrachen, dem befruchtender, die Vegetation erweckender Regen entströmt; die sommerliche Vegetation ist in diesem Zusammenhange der Schatz. Die Befreiung einer Jungfrau durch das Durchbringen der Waberlohe ist mehrfach auch von Göttern berichtet: so gewinnt Skirnir für Freyr die Gerda, so Svipdag die Menglöd; letzterer Name, „die Halsbandfrohe" bezeichnet direkt die altgermanische Sonnengöttin Frija, norb. Frigg, die im Besitz des Brisingamen ist.[1]

Soweit ist also die Bedeutung des Siegfriedmythus als ursprünglichen Naturmythus klar, ein Lichtheros (wie in den verwandten Mythen eine Lichtgottheit) erringt die Sonnenjungfrau. Auf einen Lichtmythus deutet u. a. das Schlafen der (Sonnen-)Jungfrau auf dem Berge (vgl. die Lokalisationen auf dem Feldberg und Brunhildenstuhl, S. 38 und 68) und der Name der verderbenbringenden Nibelungen als Mächte der Finsternis. Daß aber auch Anschauungen des Jahreszeitenmythus Einfluß auf die epische Form der Sage genommen haben, hat Vogt gezeigt; mit Recht erklärt er den festen Panzer, welcher die schlafende Jungfrau umschließt, und nur durch das Schwert des Befreiers zerschnitten werden kann,

---

[1] Weiteres bei der Hilde-Gudrunjage und Samml. Göschen, DM, unter „Freyr" und „Brisingschmuck".

für ein Bild der Eishülle, mit der der Winter die Erde umschließt, und die vom Frühlingssonnenstrahle zerschnitten
werden muß, ehe die Erde erwachen kann.   Mag nun ein
Jahreszeiten- oder Tageszeitenmythus zu Grunde liegen —
beide Vorstellungen sind eng verwandt und haben gewiß
beide der mythischen Sagenbildung zu Grunde gelegen — so
führen beide zu einem tragischen Ausgang des heroisierten
Mythus: die Sonne versinkt wieder in das Dunkel, dem sie
entstiegen, und die sommerlich blühende Erde fällt wieder den
Fesseln des Winters anheim, aus denen sie der Sommer
befreit; in heroisierter Sagenform: der Licht- und Sommer-
heros erliegt nach kurzem Leben wieder den Mächten der
Finsternis, die ihn töten und sich seiner Braut bemächtigen.
Diese Mächte der Finsternis sind die Nibe-
lungen, nord. Niflungar, die Nebelkinder, schon durch den
Namen als dämonische Todesmächte bezeichnet: Niflheimr,
Niflhel heißt die skandinavische Totenwelt, und nebulo wird
in althochdeutschen Glossen als „zauberhaftes Wesen, Unhold,
Gespenst" erklärt.   Das epische Symbol des Anheimfallens
des Helden an die dunklen Todesmächte ist die Verlockung
durch eine dämonisch schöne Jungfrau, die ihm den Vergessenheitstrank reicht: dieser Albenmythus lebt noch heute
in Liedern und Sagen in Norwegen und auf den Färöern
fort, und ist bei Saxo Grammaticus und in isländischen
Sagas bezeugt: Menschenjünglinge verfallen den Unterirdischen,
den Huldern, d. i. Verhüllten, Unsichtbaren, vgl. die Namen
Nibelungen, Grimhild (d. i. die Verlarvte, Verhüllte), indem
ihnen eine zauberhaft schöne Hulderjungfrau einen Vergessenheitstrank reicht, worauf sie in das unterirdische (in Bergen
befindliche) Reich der Dämonen gezogen werden und nicht
mehr wiederkehren, oder Verstümmelungen und den Tod

davontragen. So verfällt auch Siegfried ben Nibelungen und
verliert an sie Braut, Hort und Leben.

Die epische Form, in der dies geschieht, jener tieftragische
Zug, daß Siegfried in verwandelter Gestalt die eigene Braut
für den Nibelungen erwirbt, was den Tod für ihn und seine
Braut herbeiführt, ist als rein poetisch=epische Ausgestaltung
des Mythus zu fassen, bei der aber sehr wohl tiefsinnige
Natursymbolik mitgewirkt haben mag: „Die auf einsamer
Felsenhöhe schlummernde Jungfrau ist die Sonne, der
Flammenwall, der sie umgiebt, die Morgenröte, Siegfried der
junge Tag. Er steigt hinauf, die Morgenröte schwindet vor
seinem Glanze; er weckt die Jungfrau, strahlend hebt sich die
Sonne von ihrem Lager und begrüßt freudig die ganze
Natur. Aber Licht und Schatten sind unlösbar verbunden,
der Tag wandelt fortschreitend sich von selbst in Nacht.
Wenn am Abend die Sonne aufs Lager sinkt und sich wieder
mit ihrem Flammenwall, jetzt der Abendröte, umgiebt, naht
der Tag von neuem, aber nicht mehr in der jugendlichen
Gestalt des Morgens, um sie dem Schlummer zu entreißen,
sondern in der dunklen Hülle Gunthers, um an ihrer Seite
zu ruhen. Der Tag ist zur Nacht geworden (Gestalten=
tausch der Sage!), der Flammenwall verschwindet, Tag und
Sonne gleiten in das Reich der Finsternis hinab." (Wil=
manns).

An Stelle der dämonischen Nibelungen sind
die der historischen Sage angehörigen Burgunderkönige
getreten, auf welchem Wege und aus welchen Gründen, ist
mit unseren Mitteln nicht mehr zu erklären; durch diese
jüngere Schicht der Sage aber ragt die ältere, mythische
noch deutlich an einigen Stellen zu Tage. Hagen, der den
Burgunderkönigen zur Seite tritt, ist ein rein mythi=

fches, dämonisches Wesen, aus der älteren Schicht
übernommen; der Name Grimhild (bellona larvata) gehört
infolge seiner Bedeutung wohl auch der mythischen älteren
Schicht an, der Namenanklang an die historische Hildico mag
vielleicht einer der Punkte sein, die die Verschmelzung der
Nibelungen mit der Burgundersage veranlaßt haben. Endlich
aber bricht das alte Verhältnis in der Bezeichnung der
Burgunderkönige als Nibelungen, nordisch Niflungar,
durch; der Name erscheint in seiner Verwendung für die
Gjukungen im Deutschen und Nordischen nur im zweiten
Teile der Sage (nach Siegfrieds Tod), und man hat diesen
(noch nicht hinreichend erklärten) Umstand damit begründen
wollen, daß der Name auf die Burgunderkönige nur als die
Besitzer des Nibelungenhortes überging; aber dann müßte
Siegfried erst recht Nibelung heißen, und doch ist dies nie=
mals der Fall, was gegen diese Erklärung und für die An=
nahme spricht, daß hier der ältere Name von Siegfrieds
Gegnern durch die historische jüngere Sagenschichtung bricht.
Andrerseits hat die Sagenverschmelzung den Charakter der
mythischen Sage an manchen Punkten nicht unwesentlich ver=
ändert; durch das Eintreten menschlicher Sagengestalten an
Stelle der dämonischen Gegner Siegfrieds ist die Sage aus
dem düstern, unheimlichen Zwielicht herausgetreten, die dä=
monischen Züge der verlockenden Albenjungfrau sind ver=
blichen, Kriemhild ist nicht mehr die verderbenbringende
Dämonin, sondern die liebende Gattin, auch das Verhältnis
ihrer Brüder zu Siegfried ist nicht mehr das natürlicher
Gegnerschaft, sondern schlägt nur durch unheilvolle Schick=
salsfügungen zum Verderben Siegfrieds aus. Die weiteren
Wandlungen des Stoffes durch die poetisch=epische Sagen=
entwickelung werden im folgenden Abschnitte besprochen.

Die Parallelen, die sich in Göttermythen finden, berechtigen nicht zur Annahme, es sei Siegfried die Vermenschlichung eines Gottes, etwa Wodans oder Freyrs; sie zeigen nur, daß jene Mythen der gleichen Natursymbolik entsprangen. In Lokalisierungen der Siegfried-Brunhild-Sage, wie jenem oben erwähnten „Lager der Brunhild“ hat man Kultstätten des göttlich verehrten Heroenpaares finden wollen; aber weder ist eine göttliche Verehrung Siegfrieds bezeugt, noch deuten die Lokalisierungen auf Kultus. Wohl aber beweist der Ausdruck „Lager der Brunhild“, daß bei der Lokalisierung noch das Bewußtsein der naturmythischen Grundlage, der auf dem Berge schlafenden Sonnenjungfrau thätig war.

Dies wird auch durch eine zweite Lokalisierung bestätigt, die sich in der Rheinpfalz findet: [1] ein Fels im Walde bei Dürkheim heißt heute Brummholzstuhl, was sich als Entstellung aus Brinholdesstul (Brunhildens Stuhl), schon in einer Urkunde von 1360 vorkommend, ergiebt. Bis vor kurzem wurden dort Frühlingsfeuer angezündet, und Inschriften und Zeichen aus römischer Zeit, die auf Götterverehrung (Mercurius Cisustius Deus wird genannt) und Frühlingsfeier (Sonnenräder) hinweisen, lassen den Ort als alte Kultstätte erkennen; die spätere Lokalisierung der Siegfried-Brunhildsage (deren Datum aber doch weit über das zufällige Urkundenjahr zurückreichen muß) zeugt von noch lebendem Bewußtsein ihrer naturmythischen Grundlage.

---

[1] Das folgende beruht auf Mitteilung Fr. Vogts.

V. Entwicklung der Sage.

Am Rheine fanden die historischen Ereignisse statt, die dem zweiten Teil der Sage zu Grunde liegen, am Rheine spielt auch die Sage, und auch die nordischen Berichte weisen auf Deutschland und die Rheingegenden als Heimat der Sage zurück: „in den Rhein" hält Sigurd sein Schwert bei der Flockenprobe, „südlich vom Rheine" wird er getötet, „in den Rhein" wird der Niflungenhort versenkt; über „Frankenland" herrscht Sigmund; nach „Frankenland" reitet Sigurd, als er zu dem feuerumflammten Walkürenfels kommt; er wird der „südliche, der deutsche (inn húnski) Held" genannt. Bei den Rheinfranken, den unmittelbaren Nachfolgern der Burgunder in Germania prima, ist die Nibelungensage entstanden und wanderte von dort nach dem Norden, wann und in welcher Gestalt, ist eine noch ungelöste Frage.

In der alten deutschen Heimat hat uns kein litterarisches Denkmal Kunde von der Sage erhalten, nur spärliche Namen (vgl. S. 29) zeugen von ihrem Vorhandensein, und erst Lieder aus dem 13. Jahrhundert geben uns ausführliche Nachricht; der Norden hat uns in Liedern, die im 9. bis 11. Jahrhundert in Norwegen, Island und Grönland gedichtet worden sind, die Sage aus früherer Zeit bewahrt. Das höhere Alter dieser nordischen Ueberlieferung hat in Vielem die Sage reiner erhalten, als dies in der deutschen Ueberlieferung der Fall ist; wenn Kriemhild-Gudrun ihre Brüder an Atli rächt, so steht das der ursprünglichen historischen Sage näher als die deutsche Sagenform; die mythischen Bestandteile konnten sich im heidnischen Norden länger und reiner halten als im christlichen Deutschland.

Aber nicht in allem darf der nordischen Ge=
stalt von vornherein größere Echtheit und Ur=
sprünglichkeit zuerkannt werden: die innige Ver=
knüpfung Odins mit den Schicksalen des Völsungengeschlechtes
ist gewiß in der Ausdehnung, wie die Völsungasaga sie er=
zählt, spätere nordische Zuthat; in den Namen Kriemhild
und Sieglind hat die deutsche Ueberlieferung das echte be=
wahrt, nicht die nordische mit ihren Namen Gudrun, Hjördis,
wie im ersten Falle der Zusammenhang mit Hildico, im
zweiten die Alliteration lehrt. Vielfach hat auch der Nor=
den durch willkürliche Verknüpfungen die Sage entstellt, so,
wenn Atli als Bruder Brynhilds gilt, und durch Ein=
mengung nordischer Sagen Verwirrung geschaffen, so, wenn
der nordische Held Helgi Hundingstöter zum Sohne Sigmunds
gemacht wird; ebenso ist bloß im Norden die Ermanrichsage
mit der Nibelungensage verbunden worden, indem man Svan=
hild zur Tochter Gudruns und Sigurds machte (s. S. 119);
der genealogische Ehrgeiz nordischer Fürstengeschlechter, von
dem berühmtesten Sagenhelden abstammen zu wollen, hat
bewirkt, daß man eine Tochter Sigurds und Brynhilds,
Aslaug, erfand, die zur Stammmutter berühmter Königs=
geschlechter erhoben wurde.

Die einschneidendste Veränderung, welche die deutsche
Sagengestalt erhalten hat, liegt in der Stellung Kriemhildens
zu Etzel und ihren Brüdern; ohne, ja wider den Willen
Etzels bereitet sie ihren Brüdern den Untergang. Die alte
Sage läßt Siegfried ungerächt fallen, es war eine Forderung
des ethischen Gefühles, daß der Untergang der Burgunder=
fürsten als Vergeltung und Sühne für den Mord an Sieg=
fried stattfinde. Die Umwandlung der Sage steht auch in
Zusammenhang mit veränderten ethischen Anschauungen: nach

altgermanischer Anschauung ist das Band der Blutsverwandt=
schaft heiliger als das der Ehe; die veränderten sittlichen
Anschauungen, wonach die Ehe heiligere und höhere Ver=
pflichtungen mit sich brachte, legten Kriemhild die Pflicht der
Blutrache für ihren Gemahl auf.

Im Laufe der Sagenentwicklung sind ver=
schiedene Gestalten hinzugetreten, die im ursprüng=
lichen Sagenbestande fehlen: so Dietrich von Bern, der
an Etzels Hof in Landflucht lebt; diese Verbindung, von der
die älteren nordischen Quellen nichts wissen, kam in der
österreichisch=baierischen Sagenpflege zustande, wo auch der
Charakter Etzels ganz verändert wurde:[1]) die nordische Ge=
stalt Etzels in ihrer Grausamkeit und Habsucht spiegelt den
Eindruck wieder, den die „Gottesgeißel" auf die Gegner
machte und zeigt uns die altfränkische Sagenauffassung; die
weise, milde, erhabene Königsgestalt Etzels in dem Nibelungen=
lied zeigt die Auffassung der Ostgoten, seiner treuen von ihm
geehrten und begünstigten Verbündeten, die dann in die bai=
risch=österreichische Heldensage von Etzel und Dietrich überging.

In Oesterreich wurde auch der milde Markgraf Rü=
diger mit der Sage verbunden, dessen schon im 12. Jahr=
hundert als eines vielbesungenen Helden gedacht wird; eine
historische oder mythische Erklärung dieser Sagengestalt ist
noch nicht gefunden. Aber auch in anderen Landschaften als
Oesterreich ist die Sage poetisch behandelt und gepflegt wor=
den, und hierdurch drangen ebenfalls neue Gestalten ein.

Volker von Alzei, eine rein dichterische Figur, verdankt
seine Aufnahme rheinischen Spielleuten, die den Typus des
Sängers und Helden, der sonst in der deutschen Sage nicht

---

[1]) Nach Vogt; vergl. die Darstellung der Dietrichsage.

vorkommt, vielleicht aus der altfranzöſiſchen Epik übernahmen
in der dieſer Typus nicht ſelten iſt.

Irnfrid und Iring gehören der ſächſiſchen Sage
an; Irnfrid iſt der hiſtoriſche König der Thüringer, der um
530 Reich und Leben an die verbündeten Franken und Sachſen
verlor,[1]) Iring jedoch ein mythiſches Weſen, von deſſen ur-
ſprünglicher Bedeutung wir doch nicht mehr wiſſen, als daß
die Milchſtraße nach ihm „Irings Weg" hieß. Im Nibelungenlied iſt die Sage bereits bis auf die Namen verblaßt
und ſogar die Stellung Irings zu Irnfrid verwiſcht. Voller
tritt uns die ſächſiſche Sage bei dem Geſchichtſchreiber Widu-
kind von Korvei (ſchrieb 967) entgegen. Der Thüringer-
könig Irminfrid, der mit den Franken im Kriege liegt, und
ſich auch die Feindſchaft der Sachſen zugezogen hat, iſt geſchlagen und flüchtig; der Frankenkönig Theodorich — derſelbe,
dem wir in der Wolfdietrichſage als Hugdietrich begegnen
werden — gewinnt Irminfrids vertrauten Ratgeber Iring
durch große Verſprechungen, ſeinen Herrn unter falſchen Vor-
wänden in Theodorichs Lager zurückzulocken und ihn zu töten.
Der argloſe Irminfrid kehrt zurück, und wird, vor Theodorich
knieend, von Iring erſchlagen. Der tückiſche Franke aber heißt
den Verräter aus ſeinen Augen weichen, und verweiſt ihn
des Landes wegen ſeiner ungeheuren Frevelthat. Da erwidert
Iring, ehe er gehe, wolle er wenigſtens ſeinen Herrn rächen,
und erſticht mit ſeinem Schwerte den falſchen Fürſten, der
ihn zu Untreue verleitet hat. Den Leib ſeines toten Herrn
legt er über die Leiche Theodorichs, damit der unglückliche
König wenigſtens im Tode ſiege, und bahnt ſich mit dem
Schwerte einen Weg durch die Feinde, denen er entrinnt.
So groß aber ſei der Ruhm Irings geworden, daß man nach

---

[1]) Vergl. Sammlung Göſchen 33, Deutſche Geſchichte im Mittelalter § 4.

seinem Namen die Milchstraße am Himmel benannt habe. Auf Sachsen weisen auch die beiden Markgrafen Gero und Eckewart, die historischen Markgrafen Gero von Ostsachsen († 965) und Eckewart von Meißen († 1002).[1]) Ob aber diese teils sagenhaften, teils historischen Helden Sachsens durch sächsische oder fränkische Spielleute in die Sage kamen, ist nicht sicher, die Thibrekssaga kennt nur Iring, was gegen die Pflege bei sächsischen Spielleuten spräche, wobei indes die spätere Zeit der Ueberlieferung in der Thibrekssaga nicht außer Acht zu lassen ist. Mit dem historischen Eckewart ist eine ursprünglich mythische Gestalt verbunden, die der Harlungensage angehört (s. S. 121), der treue Warner Eckehart, der uns im Nibelungenlied als Wächter von Rüdigers Mark begegnet; seine Stellung und Bedeutung in der Sage ist bis auf einzelne Züge abgeblaßt, wodurch die ganze Scene an Rüdigers Mark rätselhaft und unklar geworden ist.

Zu den am tiefsten gehenden Veränderungen der deutschen Sage, wie sie im Nibelungenliede vorliegt, gehört auch das Zurücktreten der mythischen Sagenpartien. Vieles mag auf dem Verblassen der heidnischen Erinnerungen in christlicher Zeit beruhen, vieles jedoch ist dem Einflusse der poetisch-ästhetischen Anschauungen des Dichters zuzuschreiben. Das Seyfriedslied und verschiedene Zeugnisse beweisen, daß die Erziehung Seyfrieds im Walde bei einem Schmiede, der Drachenkampf, die Befreiung einer Jungfrau, keineswegs der deutschen Sage unbekannt waren; das Fehlen oder Zurücktreten dieser Züge im Nibelungenlied ist daher als subjective, von höfischer Aesthetik beeinflußte Auswahl des Dichters aus dem Stoffe kenntlich, die deutlich darin zu Tage tritt, wenn der Dichter Siegfried in allen ritterlichen Künsten, in Glanz

---

[1]) Vergl. a. a. O. § 18 und 21.

und Ehren am Hofe des Vaters erzogen sein läßt; die alte
Sage von dem Aufwachsen des vaterlosen Knaben im wilden
Walde bei einem Schmiede dünkte ihm nicht passend, nicht
„hövesch".[1])

VI. Fortleben und Ausklänge der Sage.

Von der großen Beliebtheit der Nibelungensage in Deutsch=
land zeugt die ansehnliche Zahl der erhaltenen
Handschriften des Nibelungenliedes, die vom 13. bis ins
16. Jahrhundert gehen; das Seyfriedslied wird noch im 16.
Jahrhundert gedruckt und von Hans Sachs 1557 dramatisiert;
Anspielungen bei Fischart und anderen Schriftstellern des 16.
Jahrhunderts beweisen noch Kenntnis der Sage, und ein
Volksbuch vom hürnen Seyfried, das auf das Seyfriedslied
zurückgeht (ältester bekannter Druck 1726),[2]) wird im 18. und
19. Jahrhundert immer wieder neu gedruckt und noch heute
als Marktlitteratur verkauft.

Indes sind alle diese Zeugnisse nur Nachweise für die
litterarische Tradition; doch fehlt es auch nicht an
solchen für ein Fortleben der Sage unter dem
Volke bis zum Ausgange des Mittelalters. Der Mar=
ner, ein schwäbischer fahrender Sänger, der gegen Ende des
13. Jahrhunderts als blinder Greis ermordet wurde, zählt
unter den Liedern, die das Volk von ihm zu hören verlangt,
auch auf: den Tod Siegfrieds, den Verrat Kriemhildens,
und im „Renner" des Hugo von Trimberg, einem Lehr=
gedichte aus den ersten Jahren des 14. Jahrhunderts, werden
als beliebte Stoffe lebender Spielmannsdichtung angeführt:
Siegfrieds Drachenkampf, Kriemhildens Mordverrat, der

[1]) Vergl. Sammlg. Göschen: Der Nibelunge Nôt, Einleitung.
[2]) Abdruck in Golthers Ausgabe des Seyfriedsliedes.

Nibelungenhort.   Zu Worms war die Lokaltradition (die natürlich erst einer jungen Lokalisation der Sage entsprungen ist) noch lange lebend; im Jahre 1488 zeigte man Kaiser Friedrich III. das Grab des hürnen Seyfried, eines Riesen; noch zu Anfang des 17. Jahrhunderts wurde in einer Wormser Kirche eine lange Fichtenstange als Gewaffen des riesischen hürnen Seyfried den Besuchern vorgewiesen.

Auch unter den vielen Zeugnissen für lebenden Volks= gesang aus dem späten Mittelalter wird neben Dietrich von Bern, der weitaus am häufigsten erwähnt ist, einigemale Seyfried genannt; erst der dreißigjährige Krieg mit seinen Schrecknissen, der wie ein verheerendes Feuer über das ganze deutsche Volksleben sengend dahinfuhr, hat, wie überhaupt fast allen Volkstraditionen aus dem Mittelalter, so auch den Resten lebender Heldensage ein Ende gemacht. Seither ist die Erinnerung an Siegfried wie überhaupt alle Heldensagen vollständig unter dem Volke erloschen; nur in Märchen[1]) lebt vielleicht namenlos der alte Sagenheld fort.

Reicher und fortdauernder ist die skandinavische Volkstradition: in Dänemark wurden, zum Teile auf niederdeutsche Lieder zurückgehende Kaempeviser (Helden= balladen) von Frau Grimild, von Sivard und Brynhild noch lange in die Neuzeit hinein gesungen, und eine Lokalisierung der Nibelungensage auf der Insel Hven im Sunde zwischen Seeland und Schonen kennen wir aus der im 16. Jahr=

---

[1]) Das Märchen vom Dornröschen, das gewöhnlich hieher be= zogen wird, hat aber, so merkwürdig es sich auch mit einem Teile des Sieg= friedmythus berührt, mit der Sage nichts zu thun; die ganze weitverbreitete Märchengruppe, zu der es gehört, ist vielmehr (nach Vogts Untersuchungen) ein Ausläufer eines altgriechischen Naturmythus, der freilich im wesentlichen auf derselben Grundlage beruht, wie die germanischen Naturmythen, aus deren Kreis die Siegfriedsage erwachsen ist.

hundert lateinisch aufgezeichneten (doch in dieser Fassung verlorenen) und im 17. ins Dänische übersetzen „Hvenischen Chronik"; [1]) noch heute leben Sagenreste unter dem Volke auf Hven.

Wie reich der Volksgesang von Siegfried in Nor-wegen, und zwar besonders in Telemarken (A. Olrik), im Mittelalter gewesen sein muß, sieht man nicht nur aus den Liedern und Resten solcher, die noch in unserem Jahrhundert aus dem Volksmunde aufgezeichnet werden konnten und in abgelegenen Thälern bis heute fortleben mögen, sondern auch aus den Holzschnitzereien, welche Scenen aus der Sigurdsage darstellen. So zeigen die Holzthüren der Kirche von Hylle-stab im Sätersthal in einer Reihe von Bildern Regin an der Schmiedearbeit, wobei Sigurd ihm hilft, Sigurds Drachenkampf, die Scene, wie Sigurd das Herz Fafners kostet, das Roß Grani und die weissagenden Vögel, Regins Ermordung und Gunnar im Schlangenturme, mit den Füßen die Harfe rührend. (S. Abbildungen.) Gehen auch die dänischen und norwegischen Lieder zum Teile auf litterarische Quellen zurück, so sind sie trotzdem wertvolle Zeugnisse teils für das erneuerte Eindringen, teils für das Fortleben der Sage im Volke.

Aus Schweden ist nur eine hierher fallende Kaempe-vise bekannt, deren schwedischer Ursprung überdies sehr zweifelhaft ist; dagegen beweisen einige Einritzungen auf Steinen in Södermanland, Upland und anderen schwedischen Landschaften mit Darstellungen aus der Sigurdsage, daß in der heidnischen und frühchristlichen Zeit die Sage dort ebenso verbreitet und bekannt war, wie in den anderen skandinavischen Ländern; so sehen wir auf dem merkwürdigen Ramsund-

---

[1]) Uebersetzung bei Raßmann II, 188 ff.

Tafel I.   Die Holzthüren von Hyllestad.   Vergl. Seite 76.

Mit gütiger Erlaubnis der Kgl. Nord. Oldskriftselskab nach der Original-reprobuktion im Besitze derselben.

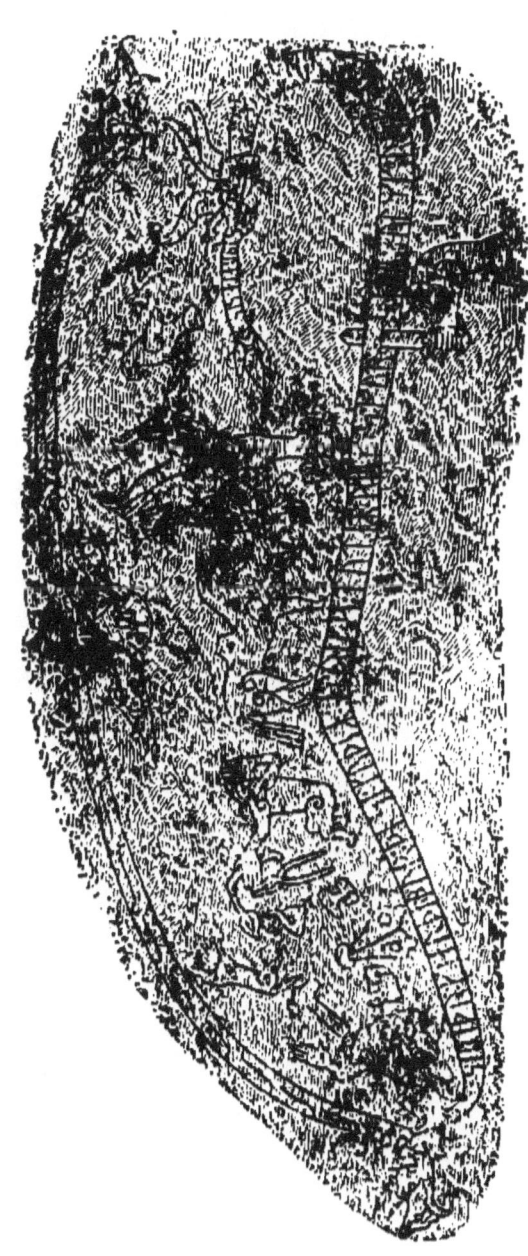

∵ Tafel II. Der Ramfund-Stein. Vergl. Seite 77.

Mit Erlaubnis der Kgl Nord. Oldskriftselskab nach der Originalreprobuktion im Besitze berselben.

Google

steine, der auch eine (doch nicht auf die Sage bezügliche) Runenschrift trägt, „die Otter im Andvarafall, sowie Ambos, Zange, Hammer und Blasbalg des Zwerges Regin; wir sehen weiter, wie Sigurd den schrecklichen Drachen tötet und sein Herz über einem Feuer brät. Ferner ist dort Sigurds Pferd Grane abgebildet, mit Fafners Schatz beladen, und die zwei auf einem Baume sitzenden Vögel, durch deren Gespräch er den beabsichtigten Verrat Regins erfährt; auch diesen, der dafür von Sigurd getötet wird, sieht man mit abgehauenem Kopfe."[1]) (S. Abbildung.)

Am lebendigsten und reichsten ist die Sagentradition auf den Faeröern; die Lieder, die hier als Begleitung zum Tanze gesungen werden,[2]) sind zwar keine Zeugnisse für das Fortleben der Sage aus altnordischer Zeit, vielmehr wohl größtenteils aus jüngeren litterarischen Quellen geflossen; doch sind sie immerhin etwa ein halbes Jahrtausend alt und tief ins Volk gedrungen, und so leben also noch heute bei einem germanischen Stamme Sigurd und Brynhild im Volksgesange fort.

---

[1]) Montelius nach Säve.
[2]) Uebersetzung bei Raßmann I. 306 ff.: „Regin Schmied", I. 313 ff. „Brinhild", II, 134 ff.: „Högni".

Der Sagenkreis von Dietrich von Bern.

— —

I. Einführung in die Sage.

A. Gotische Heldensage.

Ein verhängnisvoller Unstern hat über dem Schicksale
der gotisch-vandilischen Völkergruppe gewaltet: die kleineren
Volksstämme wurden in den Wirren der Völkerwanderung
zerrieben, und die Reiche, welche die großen und reich be-
gabten Völker der Ost- und Westgoten, Burgunder, Vandalen
in Italien, in Spanien, am Rheine und in Afrika gegründet
hatten, erlagen nach kurzem Bestande der Byzantinern, Arabern,
Hunnen so vollständig, daß kein ostgermanischer Stamm den
Untergang des Reiches überbauert hat; kein Schriftwerk giebt
uns Kunde von der Sprache der Vandalen, der Burgunder,
die wir nur aus ein paar Personennamen und juridischen
Ausdrücken kennen, und nur dem glücklichen Zufall, daß uns
Bruchstücke von Wulfilas Bibelübersetzung aus der Zeit vor
der Völkerwanderung und Fragmente einer späteren theo-
logischen Schrift erhalten sind, verdanken wir eine etwas
reichere Kenntnis der gotischen Sprache. Die gewaltigen
Ereignisse, deren Träger die ostgermanischen Stämme waren,
ihre märchenhaften Züge aus den Sumpfwäldern der Oder

und Weichsel an das schwarze Meer und in die Balkanhalbinsel,
nach Italien, Spanien und Afrika, die kriegerischen Thaten,
die sie vollführten, mußten auch bei ihnen eine reich ent=
wickelte und blühende Heldensage hervorrufen; sie ist ver=
schollen und verklungen, gleich der Sprache, in der sie ge=
sungen worden ist.

Nur die ostgotische Heldensage hat den
Untergang des Volkes überdauert; sie drang über die
Alpen zu den Grenznachbarn der Ostgoten und wurde bei
diesen gepflegt und fortbewahrt; bis in den skandinavischen
Norden kamen die Sagen von Ermanarich, spärlicher und erst
spät die von Theodorich. Sogar ein westgotischer Liedercyklus
über den Sieg der mit den Römern verbündeten Westgoten
über die Hunnen in der Schlacht auf den catalaunischen
Feldern 451 fand, wahrscheinlich durch fränkische Vermitt=
lung über England, den Weg nach dem Norden, wo die
Sage von diesem gewaltigen Völkerkampfe mit heimischen
Heldensagen verbunden und in einem Liede von der Schlacht auf
der Dünheide (in der Hervararsaga) besungen wurde.

Während aber die ost= und westgotische Heldensage im
Norden doch nur eine verhältnismäßig unbedeutende Stellung
in Lied und Sage einnahm und der gefeiertste Held immer
der fränkische Sigurd blieb, steht der große Ostgoten=
könig Theodorich bei den Bayern, wie bei den
Sachsen im Mittelpunkte des Volksgesanges;
wohl hat die Siegfriedsage in den Donauländern die höchste
poetische Fassung erhalten, die überhaupt einer deutschen Sage
zuteil geworden ist, aber der Liebling des Volkes war doch
an der Donau wie an der Elbe Dietrich von Bern, „von
dem die Bauern singen und sagen", wie es in Chroniken bis
in das späteste Mittelalter heißt.

An ihn haben sich alle ostgotischen Sagen=
überlieferungen angeschlossen; der König Ermanrich
(† 375) wird zu seinem Oheim gemacht, Attila, der wohl=
wollende Oberherr der Ostgoten vor Theodorichs Geburt (455,
Attila † 453) wird der Schutzherr Dietrichs, dessen Geisel=
schaft am byzantinischen Hofe, nebst den Wanderzügen mit
seinem Volke und der endlichen Eroberung Italiens in der
Sage zu einer Landflucht des aus seinem Erbe Italien Ver=
triebenen am Hofe Etzels und Rückkehr in das Erbe mit
Hilfe seines Beschützers geworden ist.

B. Theodorich d. Gr. in der Geschichte.

Die geschichtlichen Verhältnisse, aus denen die
Sage herauswuchs, sind, in Kürze dargestellt, folgende.[1])
Dem Anprall der Hunnen, dem die Westgoten auf byzan=
tinischen Boden auswichen, erlagen die Ostgoten, deren greiser
Herrscher Ermanrich sich selbst den Tod gab (375); sie
mußten seither den Hunnen Heeresfolge leisten und blieben
die Verbündeten und Begleiter der Hunnen auf ihren Raub=
zügen fast acht Jahrzehnte. Unter Attila nahmen sie eine
ganz hervorragende Stellung ein, gotische Edle hatten die
höchsten Stellen am Hofe und im Heere, gotische Sprache
und Sitte war in seiner Umgebung gepflegt und geschützt,
gotische Heldenlieder wurden in seiner Halle gesungen.

Ein Joch aber war seine Herrschaft doch, ob auch ein
goldenes, und nach seinem Tode, da seine Söhne die ger=
manischen Bundesvölker gleich dem Reiche untereinander
teilen wollten, brach es der germanische Freiheitssinn: in

---

[1]) Vgl. Sammlung Göschen Nr. 33: Deutsche Geschichte im Mittelalter.

einer gewaltigen Schlacht am Flusse Nedao in Pannonien (454) besiegten die vereinigten Ostgoten, Gepiden und andere Germanenstämme das Heer der Etzelsöhne: Ellak, der bedeutendste von ihnen, fiel, die übrigen flohen mit den Resten des Hunnenvolkes; ein letzter Versuch eines Einfalles in das ostgotische Gebiet, das drei Amalerbrüder, Walamer, Theodemer und Widemer gemeinsam beherrschten, wurde von Walamer (454 oder 455) siegreich abgeschlagen.

Gleichzeitig mit dem Eintreffen der Siegesbotschaft in Theodemers Hause wird diesem ein Sohn geboren: Theodorich, der künftige Eroberer Italiens. Achtjährig kommt er als Geisel an den byzantinischen Hof, wo er bis zu seinem achtzehnten Jahre weilt, von Kaiser Leo begünstigt und geehrt. Zu seinem Vater zurückgekehrt, besiegt er als Führer einer Gefolgsschar einen Sarmatenkönig, der kurz vorher einen römischen Feldherrn geschlagen, und übernimmt nach Theodemers bald darauf erfolgten Tode die Führerschaft über die Ostgoten. Eine Führerschaft war es in vollem Sinne des Wortes; denn schon unter Theodemer hatten die Ostgoten ihre Sitze zu räumen begonnen, und dem jungen Fürsten war die schwere Aufgabe zu teil geworden, seinem Volke neue Sitze zu verschaffen. Etwa sechzehn Jahre voll unsäglicher Mühen und Gefahren dauern die Wanderungen und Kämpfe der Goten im oströmischen Reich, bis der Kaiser Zeno, des gefährlichen Gastes müde, ihm einen hohen, des Kampfes würdigen Preis vor die Augen rückt: Italien, das er Odovakar abringen solle.

Im Jahre 488/89 bricht Theodorich mit seinem Volke auf und ist nach drei siegreichen großen Schlachten erst soweit, daß es noch einer dreijährigen Belagerung Ravennas und der Ermordung Odovakars bedarf, ehe er im Besitze

Italiens ist (493).   Fortan herrscht er als Friedensfürst über dem Lande, um seiner Weisheit und Macht willen von den Germanenfürsten wie von Byzanz hoch geehrt. Als er im Jahr 526 starb, schien das Ostgotenreich für alle Zeiten fest= begründet; dreißig Jahre nach dem Tode des großen Theo= dorich war sein Reich zerstört, und sein Volk nach jahrzehnte= langem Heldenkampfe bis auf einzelne Trümmer, die in anderen Stämmen aufgingen, vernichtet.

C. Sagenursprünge.

Die Sage von Dietrich von Bern, die uns in den mittelhochdeutschen Volksepen vorliegt, erzählt, daß Dietrich, der Sohn des Dietmar [= Theodemer], von seinem Oheim Ermanrich aus Italien vertrieben, zu Etzel flüchtet, wo er freundlich aufgenommen wird und im Exile weilt; ein Wieder= eroberungsversuch mit Hilfe der Hunnen mißlingt, und erst nach dreißigjährigem Exile kehrt er mit hunnischer Hilfe in sein Erbe zurück. Die Sage hat Theodemers, des Vaters, Stellung zu Etzel auf seinen Sohn Theodorich übertragen und von des Sohnes Schicksalen hauptsächlich die Erinnerung an die harte Jugendzeit mit ihren beständigen Kämpfen und unsteten Wanderungen festgehalten.

So starke Wandlungen können zu Lebzeiten Theodorichs in der ostgotischen Sage nicht stattgefunden haben, auch nicht in der kurzen Zeit zwischen Theodorichs Tod (526) und dem Untergang der Ostgoten (555); sie fallen wie die ganze Aus= bildung der Sage erst in die deutsche Sagenentwicklungsperiode; wie die gotischen Sagen von Theodemer (Dietmar) und Theo= dorich gelautet haben mögen, ist ganz unerschließbar. Sicher der deutschen Sagenentwicklungsperiode angehörig sind die meisten

der Kämpfe Dietrichs mit Zwergen, Rieſen und Drachen,
die in den mhd. Epen erzählt werden; es ſind ſpäte Anknüp=
fungen von Lokalſagen und =Märchen, in denen Reſte alter
mythiſcher Ueberlieferungen enthalten ſind, an die weitberühmte
Geſtalt Dietrichs von Bern; über eine ältere Schicht von
Dietrichs Rieſenkämpfen (ſ. S. 111.)

Mannigfach untereinander abweichend und oft mit ein=
ander unvereinbar ſind die Sagenformen, die durch die mittel=
hochdeutſchen Epen vertreten ſind;[1]) die folgende Sagenbar=
ſtellung begnügt ſich mit Hervorhebung der wichtigſten epiſchen
Formen und teilt ſie in zwei Gruppen, nach den hiſtoriſchen
und den märchenhaften Beſtandteilen des Sagenkreiſes; die
Ermanrich=Sage wird in einem eigenen Abſchnitte behandelt.

II. Darſtellung der Sage.

A. Die hiſtoriſchen Sagen von Dietrich.

Hauptquellen.

A) Althochdeutſche: Das Hildebrandslied, er=
halten in einer Handſchrift von ca. 800. Text und Ueberſetzung
nebſt Erläuterungen in: Sammlung Göſchen 28: Schauffler, Alt=
hochdeutſche Litteratur S. 56—66.

B) Mittelhochdeutſche:

1. Dietrichs Flucht und

2. Die Rabenſchlacht, zwei Vollsepen, in ihrer jetzigen
Geſtalt am Ende des dreizehnten Jahrhunderts von dem öſter-

---

[1]) Die niederdeutſche Sagengeſtalt der Thidrekſſaga kann auf dem be=
grenzten Raume nicht zur Sprache kommen; um aber wenigſtens eine Probe
dieſer mit eigener Friſche und naiver Anmut erzählten Sagen zu bieten, iſt
eine Partie in ſtark verkürzter Form (nach Raßmanns Ueberſetzung) als
erſtes Stück der folgenden Abteilung mitgeteilt.

reichischen Fahrenden Heinrich dem Vogler auf Grund älterer Epen gedichtet.

3. Alpharts Tod, ein um 1250 auf Grund eines älteren Liedes in seine jetzige Form gebrachtes volksepisches Gedicht aus Nordbaiern.

Alle drei Epen herausgegeben im 2. Bande des Deutschen Heldenbuches, Berlin 1866—73, 5 Bde. Auszüge aus Alphart und Rabenschlacht in Sammlung Göschen Nr. 10, b Kudrun und Dietrichepen in Auswahl.

C) Niederdeutsche: die norwegische Thidrekssaga, die den ganzen sächsischen Sagenschatz in die Sage von Thidrek (Dietrich) einfügt und den Cyklus chronologisch zu ordnen sucht (f. S. 41).

1. Wittichs Ausfahrt zu Dietrich.
(Nach der Thidrekssaga.)

In der väterlichen Burg zu Bern wuchs der junge Königs= sohn Thidrek in der Hut seines Erziehers Hildibrand auf; schon in seiner Jugend erfüllte er die Welt mit dem Ruhme seiner Leutseligkeit und Tapferkeit, so daß mancher junge Held nichts mehr wünschte, als von Thidrek unter seine Mannen aufgenommen zu werden, und zu ihm zog.

Nun hatte der Schmied Welent (Wieland) [1]) einen Sohn, der hieß Widga (Wittich). Als er zwölf Jahre alt war, fragte ihn der Vater, ob er das väterliche Schmiedehandwerk erlernen wolle. „Das verhüte Gott um meines mütterlichen Geschlechtes willen," erwiderte Widga, „daß meine Hand je an einen Hammerschaft oder Zangengriff komme." Da fragte Welent: „Was willst du denn anfangen, um dir dein Brot

---

[1]) Vergleiche die Wielandsage; nach der jüngeren niederdeutschen Sagenform heiratet Wieland die von ihm verführte Königstochter nach dem Tode ihres Vaters.

zu verdienen?" Widga erwiderte: „Ich will lieben einen guten
Hengſt und ein ſcharfes Schwert, einen ſtarken Speer und
einen neuen Schild, einen harten Helm und eine blanke Brünne,
und damit will ich ausfahren, einen guten Herrn zu ſuchen,
ihm zu dienen und mit ihm zu reiten, ſo lange mir das Leben
vergönnt iſt." „Wohin willſt du denn fahren?" fragte ihn
der Vater. „Zu Thidrek in das Amlungenland" antwortete
der Sohn; „der iſt der berühmteſte Held und ſteht in gleichem
Alter wie ich, mit ihm will ich mich meſſen; iſt er der ſtärkere,
und beſiegt er mich, ſo ſchont er meiner wohl und nimmt mich
unter ſeine Mannen auf; doch könnte es auch beſſer gehen."
Welent meinte: „Laß dieſen Gedanken fallen, ich weiß dir beſſeres.
In einem Walde in der Nähe hauſt ein Rieſe, der ſchon vielen
Schaden gethan hat; der König von Schweden hat dem, der ihn
beſiegt, das halbe Reich und ſeine Tochter zugeſagt; da magſt
du dir Ruhm erwerben und zugleich eine Frau und ein Land
gewinnen." Der junge Widga aber erwiderte: „Das wäre
mir rechte Schande, wenn ich nun fiele, und es von mir
hieße, ich habe mein Leben um eines Weibes willen verloren.
Nein, ich will nach Süden zu Thidrek fahren und mich mit
ihm verſuchen." Als nun Welent ſah, daß ſein Sohn von
dieſer Abſicht nicht abzubringen war, willigte er ein, rüſtete
ihn mit auserleſenen Waffen, gab ihm einen weißen Schild,
auf den mit roter Farbe Hammer und Zange gemalt waren
und darüber ſtanden drei Karfunkelſteine zum Zeichen ſeiner
königlichen Abkunft, ferner Helm, Brünne und Speer, das
Schwert Mimung, ein Meiſterſtück ſeiner eigenen Arbeit, und
einen Hengſt, der hieß Skemming (Scheming) und war der
beſte aller Hengſte. Widga nahm von Vater und Mutter
Abſchied und das Scheiden kam ihnen allen hart an. Als
aber der junge Held in voller Rüſtung ohne Stegreif in den

Sattel sprang, da lachte Welent das Herz. Ein Stück Weges noch gab er ihm das Geleite und legte ihm manchen guten Rat ans Herz, ehe sie sich schieden.

Nun ritt Wibga lange Wege durch bebautes und unbe= bautes Land, durch Felder und Wälder, bis er zu einem großen Strom kam. Da er keine Furt finden konnte, band er seinen Skemming an einen Baum, legte Rüstung und Kleider ab, die er aus Furcht vor Dieben mit Erde bedeckte, und watete, um sich eine Furt zu finden, so weit in den Strom hinaus, daß nur sein Kopf hervorragte. Der Zufall fügte es, daß gerade drei Helden Thidreks, Hildibrand, Heimir (Heime) und Hornbogi des Weges einherfuhren und zu dem Strome kamen. Da sprach Hildibrand zu seinen Genossen: „Da draußen im Strome sehe ich einen Zwerg; den sollten wir fangen und ihm schweres Lösegeld auferlegen." Wibga aber hörte seine Rede und es verdroß ihn gewaltig, daß er für einen Zwerg gehalten wurde. Er rief sie an und sprach: „Gebt mir Friede und Sicherheit, an das Land zu gehen, so sollt ihr sehen, ob ich ein Zwerg bin, oder mein Haupt nied= riger trage als einer von denen, die mich Zwerg nannten."

Das Versprechen wurde ihm gewährt; da sprang er an das Land, neun Schritt in einem Satze. Hildibrand fragte ihn nach seinem Namen, doch er weigerte sich, Rede zu stehen, ehe er sich angekleidet. Rasch wappnete er sich nun und sprang seinem Rosse auf den Rücken; so ritt er ihnen entgegen und gab sich zu erkennen. Als Hildibrand seinen Vorsatz erfuhr und seine fast übermenschliche Größe und Stärke sah, wurde ihm bange um seinen jungen Herrn, und erdachte sich rasch einen Plan. Fröhlich erwiderte er: „Gott sei gelobt, daß ich den gefunden habe, der es wagt, gegen Thibrek den Speerschaft zu erheben; denn allzu übermütig ist er, und

glaubt, niemand sei ihm gewachsen." Er forderte Widga auf,
sich ihnen anzuschließen, und machte mit ihm Brüderschaft;
seinen und Heimirs wahren Namen aber verhehlte er. Hildi=
brand wies nun den Genossen die Furt, und so ritten sie
miteinander ihres Weges dahin, bis sie zu einer Wegescheide
kamen. Da sagte Hildibrand: „Hier gehen nun zwei Wege
nach Bern; der eine ist länger und beschwerlicher, der andere
kürzer und bequemer, den möchten alle, die nach Bern fahren,
wohl lieber einschlagen, aber es ist dabei ein kleiner Haken.
Der Weg führt nämlich zu einem großen Strom, über den
man nur auf einer Steinbrücke kommen kann. Dort haben
zwölf Zöllner eine Burg, und lassen niemanden über die
Brücke, der ihnen nicht Waffen und Roß als Zoll läßt, und
da muß er noch zufrieden sein, wenn sie ihn ohne Leibes=
schaden ziehen lassen. Thidrek hat vergeblich versucht, diese
Burg zu gewinnen; wer die zwölf Kämpen überwände, der
vermöchte wahrlich mehr als er. Doch wer würde das wohl
wagen! Darum müssen wir den längeren Weg fahren." Da
antwortete Widga rasch: „Wir müssen sicherlich den kürzern
Weg fahren," und schlug den Weg zur Räuberburg ein; die
anderen folgten. Als sie in die Nähe der Steinbrücke kamen,
ritt Widga voraus; einen Fremden würden sie doch wohl in
Frieden fahren lassen, meinte er, jedenfalls wolle er es zuerst
gütlich versuchen. Die Räuber sahen ihn kommen und Grama=
leif, ihr Anführer, sagte: „Dort reitet ein Mann, der hat
einen großen Schild, der würde mir gut passen. Den Schild
muß ich haben; ihr mögt euch in seine Rüstung teilen."
Jeder suchte sich nun etwas aus, was ihm gerade am begehrens=
wertesten däuchte. Darauf rüsteten sie sich und eilten Widga
entgegen. Widga grüßte sie: „Willkommen, gute Männer!"
Da antwortete Gramaleif: „Nicht wirst du willkommen sein,

weil wir dein Gut schon geteilt haben, und außerdem mußt
du Hand und Fuß lassen, ehe wir scheiden. Her mit deinem
Schild, den will ich haben!" Widga erwiderte ganz gelassen:
„Das würde mir zu großer Schande gereichen, wenn ich ohne
Schild heimkäme; da würde mein Vater sagen, Thibrek habe
mir ihn mit Gewalt abgenommen, und ich habe doch Thibrek
nach gar nicht gesehen; ich muß ihn aufsuchen und bestehen;
dazu brauche ich meinen Schild, und kann dir ihn also wahr=
haftig nicht geben." Und so antwortete er jedem in derselben
Weise. Da erzürnten die Räuber und einer sagte: „Sind
wir denn Narren, daß wir uns von ihm zum besten halten
lassen? Zieht eure Schwerter!" Sie drangen nun grimmig
auf ihn ein, aber Widga spaltete den ersten in zwei Stücke
und erschlug darauf mit gewaltigem Hiebe Gramaleif. Als
die Gefährten sahen, daß Widga in Kampf geraten war, ritten
sie ihm nach einiger Ueberlegung zu Hilfe; doch als sie an=
kamen, hatte Widga schon sieben Räuber getötet; der Rest
wandte sich zur Flucht. Die vier Genossen übernachteten nun
in der Burg. Hildibrand aber konnte vor Sorgen um seinen
Pflegling Dietrich nicht schlafen, seit er Widgas Kühnheit und
die Stärke seiner Waffen gesehen. Um Mitternacht stand er auf,
nahm Widgas und sein Schwert, löste die Klingen von den
Griffen, und vertauschte sie; dann befestigte er seine Klinge
an Widgas Griff, die Klinge Mimungs an seiner eigenen,
und steckte die vertauschten Schwerter wieder in die Scheiden;
darauf legte er sich beruhigt wieder auf sein Lager und schlief
bis an den Tag. Am Morgen gab Hildibrand sich und seine
Gefährten zu erkennen und versprach Widga zu Thibrek zu
führen. Die Räuberburg brannten sie auf Widgas Rat nieder.
Sie ritten nun weiter, bis sie wieder zu einem Strome kamen;
dort war eine Brücke zwischen zwei Felsen gewesen; die flüch-

tigen fünf Räuber aber hatten sie abgebrochen, weil sie fürchteten, Wibga möchte ihnen nachkommen, und harrten jenseits. Wibga trieb seinen Skemming mit den Sporen an; der Hengst sprang von dem einen Felsen auf den andern hinüber, als wenn man einen Pfeil schöße; noch heute kann man die Abdrücke der Hufeisen im Steine sehen, wo Skemming absprang und wo er niederkam. Die anderen schwammen mit ihren Rossen durch den Strom, nur Heimis Roß Rispa, ein Bruder Skemmings, machte den Sprung über den Strom. Wibga ritt auf die Räuber los; Heimir, von Eifersucht auf den unbekannten jugendlichen Helden geplagt, hielt ruhig zu Roß und ließ ihn allein den Kampf bestehen; Hornbogi, der zuerst an das Land geschwommen war, eilte ihm rasch zu Hilfe; die Räuber fielen alle, und noch merkte Wibga nicht, daß er sein Schwert Mimung nicht hatte.

Am nächsten Tage kamen sie endlich nach Bern. Thidrek saß gerade bei Tische, als ihm ihre Ankunft gemeldet wurde. Er ging zu ihnen hinaus und begrüßte seine Gesellen; zu Wibga aber redete er nichts, da er ihn nicht kannte. Wibga brachte nun sein Anliegen vor. Thidrek antwortete verächtlich und zornig: „Einen solchen Frieden will ich in meinem und meines Vaters Lande einsetzen, daß nicht jede Hündin es wagen soll, mir Zweikampf zu bieten." Umsonst nahm sich Hilbibrand Wibgas an, und mahnte zur Mässigung. Thidrek griff hitzig nach seinen Waffen und drohte Wibga, den er ohne Mühe zu besiegen wähnte, nach dem Kampfe aufhängen zu lassen. Thidrek wappnete sich nun rasch und ritt mit großem Gefolge vor die Burg von Bern. Dort ritten Thidrek und Wibga so schnell auf einander los, wie wenn ein hungriger Habicht der Beute nachfliegt. Als sie ihre Speere verstochen hatten, sprangen sie von den Rossen und schlugen sich mit

den Schwertern. Widga hieb auf Thidreks Helm ein, doch
das Schwert zersprang in zwei Stücke. In tiefstem Unmut
rief Widga den Zorn Gottes auf Welent herab, der ihm ein
so schlechtes Schwert gegeben. Schon wollte Thidrek seinem
wehrlosen Gegner das Haupt abschlagen, da sprang Hildibrand
dazwischen, und bat ihn, Widga zu schonen und unter seine
Mannen aufzunehmen, nie werde er einen tapfreren Mann
gewinnen. Doch Thidrek beharrte bei seinem Zorne. Als
Hildibrand sah, daß alle seine Bitten nichts fruchteten, sprach
er zu ihm: „So soll denn das Kind haben, wonach es schreit;
kämpfe nur zu!" und gab Widga sein echtes Schwert zurück.
Da ward Widga so froh wie ein Vogel über den Tag, küßte
das Schwert, und rief: „Gott vergebe mir, was ich wider
meinen Vater sagte. Sieh nun hier den Mimung, Thidrek,
guter Held, und komm wieder an! Nun bin ich so begierig
mich mit dir zu schlagen, wie ein durstiger Mann nach Trunk,
oder ein hungriger nach Speise." Thidrek erlitt nun große
Not im Kampfe; er rief Hildebrand an, den Streit zu scheiden,
erhielt aber von ihm die Antwort: „Du wolltest mir ja nicht
folgen, als ich dir früher zu Gutem riet. Nun freut es
mich, daß du doch siehst, ich log nicht, als ich Widga einen
tapfern Helden nannte. Aber du wolltest nicht hören, und
Hochmut kommt vor Fall. Sieh nun zu, wie du dir selbst
hilfst, und ob er edler handeln will als du verdienst." Von
neuem begann der Kampf auf das allerhärteste, und Thidrek
wehrte sich brav und männlich. Da hieb Widga auf Thidreks
Helm Hildegrim von der Seite, sodaß der obere Teil des
Helms und ein paar Locken vom Haupthaare abflogen. Als
Hildibrand dies sah, sprang er dazwischen und bat Widga, um
der Brüderschaft willen, Thidrek Frieden zu geben. Und
nun bot Thidrek Widga Versöhnung an, sie legten ihre

Hände zusammen und wurden Waffengenossen und gute Freunde.

2. Alpharts Tod.

Einst tritt Dietrich zu Bern in den Saal, wo seine Mannen sitzen, die kühnen Wölfinge. Sie springen auf und empfangen ihn. Er klagt ihnen, daß Ermenrich mit großem Heere herangezogen, ihn von Land und Leuten zu vertreiben. Die Recken geloben alle, Leib und Leben für ihn zu wagen, und er will mit ihnen all sein Erbe teilen. Der junge Alphart, Hildebrands Neffe, schlägt vor, einen Wartmann (Kundschafter) gegen die Feinde auszusenden; er selbst will allein auf die Warte reiten. Die andern widerraten es, seiner Jugend wegen. Alphart aber zürnt, daß ihm nicht Ehre gegönnt werde; sterben will er oder zu den Recken gezählt sein. Frau Ute, die ihn erzogen, beklagt umsonst sein Vorhaben; sie muß selbst ihn wappnen, giebt ihm einen schönen Waffenrock und weint, als sie ihm zuletzt den Speer in die Hand gegeben. Die junge Amelgart, kaum erst ihm angetraut, läßt umsonst sich auf die Knie nieder, daß er nur nicht ganz allein ausreite. Er küßt sie und jagt von dannen. Von den Mauern sehen sie heilwünschend ihm nach, wie er über die Etschbrücke sprengt.

Da rüstet sich Meister Hildebrand, ihm nachzureiten; nimmer könnt' er den Jüngling verschmerzen. Streites will er ihn satt machen, daß er bald zur Stadt wiederkehre. Schon ist Alphart auf der Heide, als sein Oheim angeritten kommt, den er für einen Dienstmann Ermenrichs hält. Sie brechen die Speere, dann kämpfen sie zu Fuß. Alphart giebt dem Alten einen Schlag, der ihn zu Boden streckt. Hildebrand, um sein Leben bittend, giebt sich zu erkennen; ohne den Neffen muß er nach Bern zurückkehren, wo er den Spott zum Schaden hat. Dietrich freut sich des jungen Helden.

Alphart reitet inzwischen fürder, ihm begegnen achtzig Feinde, die Herzog Wölfing auf die Warte führt. Der Jüngling durchsticht den Herzog im Speerkampf; die andern umringen ihn und er besteht sie Mann für Mann, denn ein alter Ritter wehrt, daß mehrere zugleich gegen einen streiten. Er streckt sie nieder, bis auf acht, die blutend entfliehen und Schrecken im Lager verbreiten. Ermenrich läßt Gold und Silber hervortragen; seinen Schild soll damit füllen, wer noch auf die Warte zu ziehen wagt. Alle schweigen.

Da ruft er aus dem ganzen Heere den Helden Wittich auf, der früher dem Berner gedient. Wittich reitet hinaus; ihm folgt von ferne sein Gesell Heime, auch er durch Sibichs bösen Rat von Dietrich abgefallen. Im Schatten einer Linde hält indes Alphart und lüftet den Helm; wer mit Ehren die Warte versehen will, muß bleiben, bis der Tag sich endet; Alphart sieht den Rauch von Ermenrichs Heer und brennt von Kampflust. Als Wittich herankommt, verweist der Jüngling ihm mit scharfen Worten den Eidbruch an dem Berner. Wittich will nicht Beichte stehn; sie rennen zusammen und er wird abgestochen. Auch im Schwertkampf wird er niedergestreckt und liegt wie tot unter dem Schild.

Heime, der bisher im Schatten gehalten, eilt jetzt herzu. Er will den Streit scheiden: Alphart soll nach Bern zurückkehren, sie beide wollen dann aussagen, daß sie ihn nicht mehr getroffen. Der junge Held verschmäht den Vorschlag, er will Wittichen zu Pfande haben. Dieser mahnt Heimen geschworener Treue, und wie er denselben einst vom Tod errettet. Jetzt bringen beide auf Alphart ein; er könnte sich retten, wenn er Namen und Geschlecht sagte, doch er schämt sich solcher Zag=

heit. Er bedingt ſich nur Frieden für ſeinen Rücken und daß
ſie nicht, als Mörder, ihn ſelbander beſtehn; dann will er
ihnen ſeinen frühen Tod verzeihen. Nun ſicht Heime allein,
als aber auch er ſchwer getroffen iſt, brechen ſie den Frieden.
Wittich ſchlägt hinten, Heime von vorn. Sie fliehen, als
Wittich ihn durch das Bein geſchlagen. Auf einem Beine
noch erreicht und bekämpft ſie Alphart, bis er durch den Helm
gehauen wird. Das Blut rinnt ihm über die Augen, jämmer⸗
lich blickt er hindurch. Er fällt und Wittich bohrt ihm das
Schwert durch den Schlitz des Harniſchs. Sterbend ver⸗
wünſcht der Jüngling die ehrloſen Mordrecken.   [Uhland.]

3. Dietrichs Flucht.

König Ermenrich hat einen Ratgeber mit Namen Sibich.
Einſt verſendet er dieſen und entehrt deſſen ſchöne Frau. Als
Sibich heimkommt, ſagt ihm ſeine Frau, was geſchehen. Bis
daher hieß er der getreue Sibich, nun will er der ungetreue
ſein. Fortan rät er dem König nur zum Schlimmen. Nach
Sibichs Rate ſendet Ermenrich ſeinen Sohn Friedrich in der
Wilzen Land, wo der Jüngling umkommt. Dann läßt er die
Harlunge, ſeine Bruderſöhne, verräteriſch aufhängen, um ihr
Land für ſich zu nehmen.

Endlich reizt ihn Sibich, auch ſeinen Neffen, Dietrich
von Bern, zu verraten und deſſen Erbe an ſich zu ziehen.
Randolt von Ancona wird, unter Verheißung reichen Lohnes,
als Bote nach Bern abgefertigt; der König woll' über Meer
fahren, der Harlunge Tod zu büßen, Dietrich möge kommen
und ſolang' des Reiches Pfleger ſein. Als Randolt ſeine
Straße reitet, trocknen ihm die Augen nicht, wenn er des
Mordes denkt, den er werben ſoll. Zu Bern richtet er die

Botschaft aus, wie er geheißen ist, warnt aber den jungen Fürsten, die Reise zu lassen und seine Vesten zu besetzen. Dann reitet er zurück und meldet, daß Dietrich nicht komme. Fürder will Randolt nicht mehr zu dem Könige stehen, sondern alles für Dietrich wagen. Ermenrich rüstet nun große Heerfahrt und wütet mit Mord und Brand, bis Dietrich in nächtlichem Ueberfall das übermächtige Heer vertilgt. Ehrlos entflieht Ermenrich und läßt seinen Sohn mit achtzehnhundert Helden in Dietrichs Hände fallen.

Dietrich hätte nun gerne den Recken gelohnt, die ihm Land und Ehre gerettet. Aber leer sind die Kammern, die sein Vater Dietmar voll Schatzes hatte. Hildebrand trägt ihm sein und der Seinigen Gut an und Bertram von Pola bietet soviel, als fünfhundert Säumer tragen können. Sieben Recken werden mit Bertram nach dem Golde gen Pola gesendet: Hildebrand, Sigeband, Wolfhart, Helmschart, Amelolt, Sindolt und Dietleib von Steier. Da legt Ermenrich an die Straße fünfhundert Mann, welche Dietrichs Recken auf der Heimkehr überfallen und samt dem Schatze gefangen nach Mantua führen. Dietleib allein entrinnt und sagt die Märe zu Bern. Dietrich, nur seine Recken, nicht das Gold, klagend, erbietet sich, für die Lösung der sieben den Sohn Ermenrichs und die achtzehnhundert, die mit ihm gefangen wurden, freizulassen. Ermenrich aber droht, die Recken Dietrichs aufzuhängen, wenn dieser nicht all seine Städt' und Lande für sie hingebe. Man rät dem Berner, um die sieben nicht alles zu verlieren, aber er ließe lieber alle Reiche der Welt, als seine getreuen Mannen; so willigt er in Ermenrichs Begehren.

Dieser zieht nun mit Heereskraft vor Bern, Dietrich aber reitet aus der Stadt zu des Königs Zelte, steigt ab und beugt mit nassen Augen das Haupt ihm zu Füßen. „Gedenke,"

ſpricht er, „daß ich bin deines Bruders Kind, daß meine
Einſicht noch ſchwach iſt! Nimmer will ich deine Huld ver=
wirken; laß ab von deinem Zorne!“ Lange ſchweigt Ermen=
rich, dann heißt er drohend den Jüngling aus ſeinen Augen
gehn. Um die eine Stadt Bern fleht Dietrich, nur bis er
zum Manne gewachſen. Umſonſt; Ermenrich droht nur
grimmiger. Da bittet Dietrich nur noch um ſeine ſieben
Mannen und will mit ihnen von hinnen reiten. Auch dieſe
Ehre wird ihm nicht gelaſſen, zu Fuße ſoll er ſeine Straße
ziehen. Mehr denn tauſend Frauen kommen aus dem Thore,
für ihren Herrn zu bitten. Zuvorderſt geht Frau Ute mit
vierzig Jungfrauen; ſie fallen vor Ermenrich nieder und
mahnen ihn bei aller Frauen Ehre, an ſeinem Neffen könig=
lich zu thun. Er ſtößt ſie von ſich und geſtattet auch ihnen
nicht, in der Stadt zu bleiben. Da ſcheiden Männer und
Frauen zu Fuße von Hab und Gut, Hildebrand hat Frau
Uten an der Hand, der andern Recken jeder die ſeinige.
Jammervoll ob all der Schmach geht Dietrich von ſeinem
Erbe, nimmer ſoll man ihn lachen ſehen bis zum Tage, da
er ſein Leid rächen mag. Die Frauen werden nach Garten
geführt, das der treue Amelolt beſetzt hält. Ein Stein hätte
weinen mögen, wie jetzt Frau und Mann, Mutter und Kind
ſich zum Abſchied küſſen. Fünfzig Getreue gehen mit Dietrich
ins Elend, durch Iſterreich in das Land der Hunnen. Dietrich
wird von Etzel gütig aufgenommen und weilt an ſeinem Hofe.
                                                    [Uhland.]

4. Die Rabenſchlacht.

Dietrich wird an Etzels Hofe hochgehalten, aber er kann
den Schmerz um ſein verlorenes Erbe und ſeine gefallenen
Helden nicht überwinden. Die milde Königin Helche bemerkt

seine beständige Trauer; ihn zu trösten, vermählt sie ihm die
schöne Herrad, ihre Nichte, und Etzel verspricht, zum Früh:
jahr ein Heer auszurüsten, mit dem Dietrich Italien wieder=
erobern solle.   Das Frühjahr kommt, zu Etzelburg sammelt
sich ein Heer, zahlreich wie keines zuvor.   König Etzel hat
zwei herrliche junge Söhne, Scharpf und Ort.   Diese wün=
schen sehnlichst, mit Dietrich zu reiten und seine gute Stadt
Bern zu sehen.   Sie wenden sich erst an die Mutter.   Frau
Helche sieht ihre Kinder traurig an, ihr hat geträumt, ein
Drache sei durch ihrer Kammer Dach geflogen, habe vor ihren
Augen die beiden Söhne hingeführt und sie auf weiter Heide
zerrissen.   Als aber die Jünglinge nicht ablassen, legt die
Mutter selbst Fürbitte bei Etzeln ein.   Ungerne gewährt er.
Dietrich verheißt, sie treulich zu behüten und nicht über Bern
hinausreiten zu lassen.   Mit viel Thränen werden sie ent=
lassen.   Das Heer zieht durch Isterreich gen Bern.   Hier
sollen Etzels Söhne zugleich mit Diethern, des Berners
einzigem Bruder, der wenig älter als sie ist, zurückbleiben.
Dietrich befiehlt sie auf Leben und Ehre dem alten Helden
Elsan.   Niemals sollen sie auch nur vor das Thor kommen;
mit eigener Hand droht er den Pfleger zu töten, wenn ihnen
irgend Leides geschehe.   Er bricht nun mit dem Heere gen
Raben auf, wo Ermenrichs Kriegsmacht liegt.   Den Jüng=
lingen aber ist herzlich leid, daß man sie nicht mitgenommen.
Sie knien vor ihrem Meister Elsan nieder und küssen ihm
die Hände, daß er sie nur wenig vor die Stadt reiten lasse,
all den herrlichen Bau zu sehen.   Er widersteht nicht ihren
Bitten und, eh er noch sich gerichtet, sie zu begleiten, sind sie
schon zur Stadt hinaus.   Es nahet schon dem Herbste, wo
die Nebel stark sind; so kommen die drei Jünglinge auf einen
unrechten Weg, der sie über die weite Heide gen Raben führt.

Elsan eilt ihnen nach und findet sie nirgends um die Stadt; laut ruft und jammert er, ihm antwortet niemand. Vor dichtem Nebel kann er sie auch auf der Heide nicht erschauen. Den ganzen Tag streichen sie hin und übernachten in einem Thal im Freien. Am Morgen reiten sie weiter, gegen dem Meere nieder. Diether fängt an, diese Irrfahrten zu bereuen. Als aber der Nebel weicht und heiter die Sonne scheint, da bewundern Etzels Söhne die Herrlichkeit des Landes, darin der Berner immer mit Freuden wohnen sollte.

Jetzt erblicken sie den Recken Wittich, der mannlich unter seinem Schilde hält. Sie wollen diesen Verräter an Diethern und seinem Bruder sogleich angreifen, obschon sie, statt Harnischs, nur Sommerkleider anhaben. Umsonst warnt Wittich mehrmals. Scharpf reitet zuerst ihn an und schlägt ihm starke Wunden; da zuckt Wittich mit Grimm das Schwert Miming, mit gespaltenem Haupte schießt der Jüngling vom Rosse. Wär' er zum Mann erwachsen, ihm hätten alle Reiche dienen müssen. Ort will den Bruder rächen und erleidet gleichen Tod, obschon Diether ihm beigestanden. Dieser kämpft noch bis zum Abend zu Fuße; seine Schnellheit, darin ihm niemand gleich ist, fristet ihn so lange; zuletzt fällt auch er, durch das Achselbein bis auf den Gürtel gehauen. Ihn betrauert Wittich, Dietrichs Zorn fürchtend; er will zu Rosse steigen, aber die Kraft versagt ihm und er muß sich auf der Heide niederlegen.

All dieses geschieht um die Zeit zwölftägiger Schlacht, worin Ermenrich bei Raben von dem Berner besiegt wird. Er entflieht zur Stadt; den Verräter Sibich fängt der treue Eckhard und führt ihn, quer auf das Roß gebunden, durch das Heer. Dietrich freut sich auf der Walstatt des Sieges, da kommt Elsan und meldet, daß er die jungen Könige ver-

loren. Mit eigenen Händen, wie gedroht war, schlägt Diet=
rich ihm das Haupt ab. Die drei Erschlagenen werden auf
der Heide gefunden. Dietrich küßt sie in die Wunden, ver=
flucht den Tag seiner Geburt, weint Blut und beißt sich vor
Jammer ein Glied aus der Hand. „Armes Herz", spricht
er, „daß du bist so fest!" An der Größe der Wunden
erkennt er, daß sie mit dem Schwerte Miming geschla=
gen sind.

Da sieht man Wittichen rasch über die Heide reiten.
Grimmig springt der Berner auf und sprengt so hastig nach,
daß keiner der Seinigen ihm folgen kann; Feuer sprüht von
den Hufschlägen. Speer, Helm und Schild hat er auf der
Walstatt zurückgelassen, nur das Schwert führt er mit sich.
Er ruft Wittichen an, mahnt, fleht ihn bei Heldenruhm und
Frauenehre, zum Kampfe zu halten, verheißt Bern und Mai=
land, verheißt sein ganzes Reich, wenn Wittich obsiege. Aber
Wittich jagt nur stärker voran. Rienold, sein Neffe, der
mit ihm reitet, schämt sich der Flucht und will auch ihn zum
Kampfe bewegen: zu zweien würden sie den Berner be=
zwingen. Wittich will nicht hören, befiehlt den Neffen in
Gottes Schutz und rennt weiter. Rienold sticht seinen Speer
auf den Berner, dieser haut ihn vom Rosse, reitet Wittichen
nach und reizt ihn, Rienolds Tod zu rächen. Je länger je
mehr eilt Wittich, mahnt unablässig seinen Scheming, ver=
spricht ihm Oehmd und lindes Heu in Fülle. Scheming
macht weite Sprünge. Dietrich klagt, daß Scheming, einst
ihm gehörig, seinen Feind von hinnen trage; er treibt sein
jetziges Roß, Falke, daß es von Blute trieft; vor Zorn glüht
er, daß sein Harnisch weich wird. Kaum eines Roßlaufs
Weite ist noch zwischen beiden, Wittich ist bis an das Meer
getrieben, er giebt sich verloren. Da kommt die Meerminne

(Meerfrau) Wachild, seine Ahnmutter,[1] und nimmt ihn samt dem Roß in den Grund des Meeres. Der Berner reitet bis zum Sattelbogen in das Meer nach; er muß umkehren und wartet vergeblich, ob Wittich wieder erscheine.

Noch erstürmt Dietrich die Stadt Raben, daraus Ermenrich, die Seinen verlassend, um Mitternacht entweicht, während die Stadt in Flammen aufgeht. Doch der Sieg führt zu keiner dauernden Behauptung Italiens, Dietrich muß zu den Hunnen zurückkehren und sendet Rüdiger voraus, daß er ihn bei Etzeln und Helchen entschuldige, er selbst wagt noch nicht, ihnen vor die Augen zu treten. Als der Markgraf mit seinen Helden zu Gran ankommt, laufen die herrenlosen Rosse der zwei jungen Könige, mit blutigen Sätteln, auf den Hof. Die Königin will eben mit ihren Frauen in einen Garten gehn, an den Blumen ihr Auge zu weiden, da sieht sie die blutigen Rosse ihrer Kinder stehen. Im ersten Schmerze verwünscht sie den Berner; doch sie wird versöhnt, als Rüdiger meldet, daß Dietrich mit ihnen den eigenen Bruder verloren. Sie ist selbst Dietrichs Fürsprecherin bei Etzeln. Der Berner kommt nach Etzelburg, geht auf den Saal, neigt sein Haupt auf Etzels Fuß und beut sein Leben zur Sühne. Die Königin weint und Etzel richtet mit neuer Huld ihn auf. (Uhland.)

5. Dietrichs Heimkehr und Ende.

Lange Zeit verfließt, ehe Dietrich einen erneuten Versuch zur Eroberung seines Landes machen kann (dreißig Jahre nach dem Hildebrandslied und dem agf. Gedicht Deôrs Klage);

---

[1] Nach cyllischer Sagenverbindung ist nämlich Wittichs Vater Wieland der Sohn des Riesen Wate, der von einer Meerfrau (Wachild) geboren ist.

an der Spitze eines hunnischen Heeres zieht er gegen Italien.
An der Mark trifft Hildebrand mit seinem Heergefolge seinen
Sohn Hadubrand, der mit einer Heerschar Grenzwache hält.
Von dem Zusammentreffen beider singt das Hildebrandslied:

Das hörte ich sagen, wie sich vor ihren Heeren begeg-
neten Hildebrand und Hadubrand. Hildebrand, der ältere,
lebenserfahrene begann zu fragen, welches Vaters Sohn sein
Gegner sei. „Der floh vor Zeiten mit Dietrich vor Otachers
Haß aus dem Lande, Hildebrand hieß er, so sagten mir die
alten Leute, ich heiße Hadubrand". Da ruft Hildebrand den
Himmel zum Zeugen an, daß er es sei, und bietet dem
Sohne goldene Armringe als Zeichen der Liebe. Doch Hadubrand schilt ihn einen listigen Betrüger, der dem Kampfe
ausweichen wolle, Hildebrand sei schon lange tot. Da kann
der Alte dem Kampfe nicht ausweichen, da ihm vor beiden
Heeren der Vorwurf der Feigheit gemacht worden. In wil-
dem Jammer ruft er Wehe empor zu dem waltenden Gott,
der so unerhörtes über ihn verhängt, daß er nach dreißig-
jähriger bitterer Verbannung nun heimkehren solle, um den
eigenen Sohn zu töten oder von seiner Hand zu fallen. Doch
der Kampf ist unausweichlich: die Eschenspeere krachen, die
Lindenschilde werden zerhauen, und Hadubrand fällt von der
Hand des Vaters.[1])

Die Heimkehr Dietrichs und sein Ende sind in den uns
erhaltenen Epen nicht ausführlich behandelt, sondern nur aus
Anspielungen bekannt: während einige Zeugnisse Dietrich das

---

[1]) Das alte Lied bricht bekanntlich im Kampfe ab; der Tod des Sohnes
ist aber durch das Zeugnis einer alt-isländischen Saga (Asmundarsaga Kap-
pabana), welche deutsche Sagenerinnerungen verwertet, bestätigt: der sterbende
Hildebrand zählt unter den Helden, die er gefällt hat, auch seinen eigenen trauten
Sohn auf. Jüngere Sagenüberlieferung (Thidrekssaga, deutsches Volkslied)
läßt den Kampf mit einer Versöhnung enden.

Land erkämpfen laffen (auch das Hildebrandslied setzt diese Faffung voraus), kehrte er nach anderen friedlich nach Italien zurück, nachdem Ermenrich gestorben.

Am Ende seiner Tage läßt ihn die Sage geheimnisvoll verschwinden; ein Zwerg führt ihn hinweg, oder ein schwarzes Roß entführt ihn; er erscheint in späterer Volkssage als wilder Jäger in dem wütenden Heere; „die Sage webt um den Hingang des herrlichsten Helden den Schleier des Geheimniffes" (Sijmons).

B. Geschichtliche Grundlagen dieses Sagenkreises.

Der Sagenkreis, der im vorhergehenden in chronologischer Abfolge der einzelnen Sagen dargestellt worden ist, hat sich keiner zusammenfassenden poetischen Bearbeitung zu erfreuen gehabt; unbekümmert um den Zusammenhang mit dem Ganzen haben die Sänger die einzelnen Episoden behandelt, und so mußte sich eine Menge von Abweichungen und Unvereinbarkeiten ergeben. Das Bestreben, den Helden hervorzuheben, veranlaßt die Dichter, ihm siegreiche Kämpfe zuzuschreiben; das Gedicht von Alpharts Tod läßt Dietrich in einer gewaltigen Schlacht über Ermanrich siegen, in „Dietrichs Flucht" wird Sieg auf Sieg erzählt, die Dietrich nach seiner Flucht mit hunnischer Hilfe erringt, das Epos von der Rabenschlacht läßt ihn Ermanrich vollständig besiegen: alles unmögliche und ungereimte Erfindungen, denn warum kehrt dann Dietrich zu den Hunnen zurück? Die echte alte Sage konnte ja wohl von einzelnen Siegen berichten und gerade in einem Siege bei Raben die Erinnerung an Ravennas siegreiche Belagerung durch Theodorich festgehalten haben; die unpassenden Ueber=

treibungen der mhd. Dichtungen aber dürfen wir ihr schwerlich zuschreiben.

Näheren Zusammenhang mit der Geschichte als die Epen, in denen Ermanrich der Gegner Dietrichs ist, zeigt noch das Hildebrandslied, wenn es Ötacher, d. i. Odovakar, als den Gegner nennt, vor dem Dietrich in das Elend fliehen mußte. Diese Erinnerung an die historischen Verhältnisse verschwindet bald aus der Sage; nur noch in dem Lokale der Rabenschlacht (Raben = Ravenna) spiegelt sich das Gedächt= nis an die dreijährige Belagerung Ravennas durch Theodorich wieder; auch in dem Beinamen Dietrichs „von Bern", wollte man eine Erinnerung an den großen Sieg Theodorichs über Odovakar bei Verona erkennen; wahrscheinlicher jedoch hat die Sage unter den oberitalischen Städten gerade diese be= vorzugt, weil sie infolge ihrer geographischen Lage als erste größere Stadt beim Betreten Italiens über die Alpen in Deutschland die bekannteste und meistgenannte war.

Die Sage von Dietrichs Ende erscheint auch als histo= rische Anekdote in kirchlicher Färbung: Theodorich soll zur Strafe für seine Sünden vom Teufel entführt worden sein und im Bulkan Aetna in Feuergluten büßen. Der Haß der katholischen Geistlichkeit gegen den Ketzer (Arianer), der die Kirche mehrmals in ihre Schranken gewiesen hatte, spricht sich in dieser in Italien entstandenen Anekdote aus, die wahrscheinlich eher die Quelle für die deutsche Volkssage ist (in welcher die Entführung mythisch umgedeutet wurde) als umgekehrt.

Von den Helden, die, als Freund oder Feind, um Dietrich gruppiert sind, gehören die meisten wohl erst der deutschen Sagenentwicklung an: einige aber sind sicher schon aus der rein ostgotischen Heldensage übernommen worden, so

vor allem Hildebrand, der Erzieher und Waffenmeiſter
Dietrichs. Zum Teil bilden geſchichtliche Erinnerungen die
Grundlage. Als treuer Erzieher und Berater des jungen
Dietrich entſpricht er jenem Genſimunt, von dem Jordanes
erzählt, daß ſeine Treue dem Amalerſtamme bei Unmündig=
keit der Thronerben (Walamer, Theodemer, Widemer) die
Krone erhielt. Andererſeits iſt er der Träger eines alten
Mythus; der Kampf zwiſchen Vater und Sohn kehrt bei faſt
allen ariſchen Völkern wieder, wir finden Hildebrand und
Hadubrand als Ruſtem und Sohrab in der perſiſchen, als
Conlach und Cuchulinn in der gäliſchen Heldenſage u. ſ. w.,
und dürfen hinter den verſchiedenen Formen dieſer Sage eine
alte mythiſche Grundlage vermuten.

Auch Wittich gehört der gotiſchen Schicht an, Jor=
banes nennt einen alten gotiſchen Helden Vibigoia, der vom
Volke in Liedern gefeiert worden ſei. Wie viel von ſeiner
Sage auf die oſtgotiſche Schicht zurückgeht, iſt nicht auszu=
machen; auch in ſeiner Figur ſcheint ſich Hiſtoriſches und
Mythiſches zu mengen, vergl. S. 112. In den älteſten
epiſchen Zeugniſſen (im agſ. Heldenkatalog Widſib) wird
er und Heime unter den Helden Ermanrichs genannt. Erſt
bei der Verſchmelzung der Ermanrich= und Dietrichſage ge=
langten dieſe beiden Helden auch in Verbindung mit Dietrich,
ohne daß ihr altes Verhältnis zu Ermanrich von der Sage
vergeſſen worden wäre, wodurch die Sage, die beide Formen
zu vereinigen ſuchte, dahin kommen konnte, ſie für Ueber=
läufer zu halten. Ihr Verhältnis zu Dietrich iſt nicht in
allen Sagenfaſſungen das gleiche, und mehrere Züge laſſen
ſchließen, daß beide ehedem nicht von Haus aus die treuloſen
Verräter geweſen ſind[1]), als die ſie in der ſübdeutſchen Epik

---

[1]) Vgl. die abweichende Auffaſſung von Wittichs Charakter in der nie=

des 13. Jahrhunderts erscheinen. Hier sind sie „finstere kalte Mordrecken, die als Feinde und Verderber alles Schönen auftreten; sie sprechen ihre Nichtachtung der Frauen ungescheut aus, ihrer lauernden Fechterkunst unterliegen die blühendsten feurigsten Jünglinge. Wie der grimme Wittich die Rosen zertritt [s. S. 108,] so schlachtet er jugendliche Helden" (Uhland). Besonders schön ist der Gegensatz zwischen den finstern tückischen Soldkämpfern und dem reinen jugendlichen Helden, der, wie W. Grimm schön sagt, „von dem ersten Morgenrot seines Lebens beschienen, unter ihren blutdürstigen Händen fällt", in dem Gedichte von Alpharts Tod zu Ausbruck gekommen, wohl dem dichterisch bedeutendsten aller Dietrichepen. In freundlicher Beziehung zu Dietrich werden wir sie bei den märchenhaft-mythischen Jugendabenteuern Dietrichs wiederfinden. —

Die sonstigen Beziehungen der deutschen Dietrichsage zu der ostgotischen Geschichte sind schon im Eingange des Abschnitts hervorgehoben worden.

C. Die märchenhaften Sagen von Dietrich.

Hauptquellen: Die mhd. Epen, Laurin, Sigenot, Eckenlied, Virginal, in zahlreichen Handschriften und Drucken aus der Zeit des sinkenden Mittelalters erhalten, die vielfach von einander sehr stark abweichen; die ursprünglichen Gedichte fallen in die erste Hälfte des 13. Jahrhunderts. Hier genügt ein Hinweis auf die Ausgaben im ersten und fünften Bande des Berliner Helbenbuchs. Auszug aus dem Eckenlied in Sammlung Göschen Nr. 10, b: Kudrun und Dietrichepen in Auswahl. In loserem Zusammenhange steht der Rosengarten, ebenfalls ein Gedicht des 13. Jahrhunderts, das uns in zahlreichen von einander ab-

berdeutschen Sage [oben Nr. 1], wo auch Heimes und Wittichs Verhältnis anders gewendet ist.

weichenden Umarbeitungen des späten Mittelalters erhalten ist. Ausgabe von W. Grimm 1836; von Holz 1893.

1. Sigenot.

Einst findet Dietrich den Riesen Sigenot, im Walde schlafend, erweckt ihn und muß mit ihm streiten. Der Riese will seinen Oheim Grim rächen, den und dessen Weib Hilde Dietrich früher erschlagen und von ihnen den glänzenden Helm Hilbegrim erbeutet hat. Sigenot schlägt mit seiner Stange den Berner zu Boden und wirft ihn in einen hohlen Stein, wohin kein Licht scheint. Dietrichs Meister, Hilde=brand, ist seinem Herrn nachgeritten, findet dessen Roß allein an einem Baum angebunden und beweint seinen Tod. Auch er wird von Sigenot angerannt, der ihm mit der Stahlstange das Schwert aus den Händen schlägt und ihn am Barte nach dem hohlen Steine trägt. Hildebrand denkt jetzt nur darauf, wie er seinen Bart räche, in den nie zuvor eines Mannes Hand gekommen. Er findet in dem Berge Dietrichs Schwert, erlegt mit diesem den Riesen und befreit mit Hilfe des Zwerges Eggerich seinen Herrn aus der Wurmhöhle, nachdem er demselben erst verwiesen, daß er gegen bessern Rat allein von Bern weggeritten.

(Uhland.)

2. Ecke.

Auf Jochrimm sitzen drei königliche Jungfrauen. Sie haben Dietrichs Lob vernommen und wünschen sehnlich, ihn zu sehen. Drei riesenhafte Brüder, Ecke, Fasold und Eben=rot, werben um die Jungfrauen. Ecke, kaum 18 Jahre alt, hat schon manchen niedergeworfen; sein größter Kummer ist, daß er nicht zu fechten hat. Ihn verdrießt, daß der Berner

vor allen Helden gerühmt wird, und er gelobt, denselben
gütlich oder mit Gewalt, lebend oder tot herzubringen. Zum
Lohne wird ihm die Minne einer von den dreien zugesagt.
Seeburg, die schönste, schenkt ihm eine herrliche Rüstung,
darein sie selbst ihn wappnet. Auch ein treffliches Roß läßt
sie ihm vorziehen, aber Ecken trägt kein Roß und er braucht
auch keines, vierzehn Tage und Nächte kann er gehen ohne
Müdigkeit und Hunger. Zu Fuß eilt er von dannen über
das Gefild, in weiten Springen, wie ein Leopard; fern aus
dem Walde noch, wie eine Glocke, klingt sein Helm, wenn
ihn die Aeste rühren. Durch Gebirg und Wälder rennend,
schreckt er das Wild auf; es flieht vor ihm oder sieht ihm
staunend nach, und die Vögel verstummen. So läuft er bis
nach Bern, und als er dort vernimmt, daß Dietrich ins
Gebirg geritten, wieder an der Etsch hinauf in einem Tage
bis Trient.

Den Tag darauf findet er im Walde den Ritter Helfrich
mit Wunden, die man mit Händen messen kann; kein Schwert,
ein Donnerstrahl scheint sie geschlagen zu haben. Drei Genossen Helfrichs liegen tot. Der Wunde rät Ecken, den
Berner zu scheuen, der all den Schaden gethan. Ecke läßt
nicht ab, Dietrichs Spuren zu verfolgen. Kaum sieht er
diesen im Walde reiten, als er ihn zum Kampfe fordert.
Dietrich zeigt keine Lust, mit dem zu streiten, der über die
Bäume ragt. Ecke rühmt seine köstlichen Waffen, von den
besten Meistern geschmiedet, Stück für Stück, um durch Hoffnung dieser Beute den Helden zu reizen. Aber Dietrich
meint, es wäre thöricht, sich an solchen Waffen zu versuchen.
So ziehen sie lange hin, der Berner ruhig zu Roß, Ecke
nebenher schreitend und inständig um Kampf flehend. Er
droht, Dietrichs Zagheit überall zu verkünden, er mahnt ihn

bei aller Frauen Ehre, er giebt dem Gegner alle Himmels=
mächte vor.

Endlich willigt der Berner ein, am Morgen zu streiten.
Doch Ecke will nicht warten, er wird nur dringender. Schon
ist die Sonne zu Rast, als Dietrich vom Rosse steigt. Sie
kämpfen noch in der Nacht; das Feuer, das sie sich aus den
Helmen schlagen, leuchtet ihnen. Das Gras wird vertilgt
von ihren Tritten, der Wald versengt von ihren Schlägen.
Sie schlagen sich tiefe Wunden, sie ringen und reißen sich
die Wunden auf. Zuletzt unterliegt Ecke. Vergeblich bietet
Dietrich Schonung und Genossenschaft, wenn jener das
Schwert abgebe. Ecke trotzt und zeigt selbst die Fuge, wo
sein Harnisch zu durchbohren ist. Dietrich beklagt den Tod
des Jünglings, nimmt dessen Rüstung und Schwert Ecken=
sachs, das er seitdem führt, und bedeckt den Toten mit
grünem Laube. Dann reitet er hinweg, blutend und voll
Sorge, man möchte glauben, er hab' Ecken im Schlaf er=
stochen. Schwere Kämpfe besteht er noch mit dessen Bruder
Fasold und dem übrigen riesenhaften Geschlechte. Das Haupt
Eckes führt er am Sattelbogen mit sich und bringt es den
drei Königinnen, die den Jüngling in den Tod gesandt.

(Uhland.)

3. Laurin.

Künhild, Dietleibs [1]) Schwester, lustwandelt vor der
Burg zur Steier, zu einer Linde auf grüner Aue. Plötzlich

---

[1]) Von Dietleib erzählt das mhd. Gedicht B i t e r o l f (aus dem Anfange
des 13. Jahrh.), daß er der Sohn eines spanischen Königs Biterolf gewesen,
der seine Gemahlin verlassen und zu den Hunnen gezogen. Herangewachsen,
macht er sich auf, den Vater zu suchen, und kommt nach mancherlei Abenteuern
zu Etzel; an einer Heerfahrt gegen die Polen teilnehmend, trifft er im Ge-
tümmel seinen Vater, der ebenfalls im Hunnenheere ist, und kämpft mit ihm

verschwindet sie vor ihrem Gefolge; der Zwergkönig Laurin, in eine Nebelkappe gehüllt, führt sie unsichtbar hinweg in das Gebirge, wo er herrscht, die Wildnis Tirol. Dietleib reitet, um Rat zu finden, nach Garda zum alten Hildebrand und mit ihm gen Bern zum König Dietrich. Diesem erzählt Hildebrand von dem Uebermute des kleinen Laurin und von seinem Rosengarten voll goldener Pracht und statt der Mauer mit einem Seidenfaden umgeben; wer den zerreiße, werd' um Hand und Fuß gepfändet.

Sogleich macht Dietrich nach diesem Abenteuer sich auf, begleitet von Wittich, Wielands Sohn; Hildebrand, Dietleib und Wolfhart [1]) folgen nach. Als jene beiden des Waldes sieben Meilen geritten, kommen sie vor den Garten, aus dem die Rosen duften und glänzen. Dietrich hat seine Freude daran, Wittich aber will der Hochfahrt ein Ende machen, zerreißt den hegenden Faden und zertritt die Rosen. Da kommt Laurin mit Speer und Schwert geritten, Waffen, Gewand und Reitzeug von Gold und Edelsteinen leuchtend. Das Gestein giebt ihm Kraft, einen Gürtel trägt er, davon er zwölf Männer Stärke hat; auf dem Haupt eine lichte Goldkrone, darin Vögel singen, als lebten sie. Der Zwerg schilt die Zerstörer seines Gartens und verlangt zur Buße von jedem den linken Fuß, die rechte Hand.

Dietrich meint, es könne mit Gold gebüßt werden, und der Mai bringe neue Rosen. Aber der Zwerg versichert,

---

da er ihn für einen Gegner hält. Der Klang des Schwertes Welsung, das Dietleib schwingt, führt zur Entdeckung. Freudvoll erkennen sich Vater und Sohn und kehren zu Etzel heim, der Biterolf mit Steiermark belehnt. Eine ganz abweichende Sage von Biterolf und Dietleib erzählt die Thidrekssaga, ohne daß dieselbe als Ganzes viel echter und älter wäre als die offenbar sehr junge und willkürlich erfundene oberdeutsche Sage.

[1]) Der tollkühne, immer kampflustige Neffe Hildebrands, der im Nibelungenlied von der Hand Giselhers fällt (s. S. 57).

daß er Goldes mehr als genug habe, und Wittich spottet seines schüchternen Herrn. Da rennen Laurin und Wittich mit den Speeren zusammen: der Zwerg sticht den Gegner aus dem Sattel, bindet ihn und will sein Pfand nehmen. Jetzt ergreift auch Dietrich seinen Speer, als eben Hildebrand mit den zwei andern nachkommt. Er rät seinem Herrn, zu Fuße zu streiten und den Zwerg, dessen Harnisch nicht zu versehren ist, mit Schwertschlägen zu betäuben. Dietrich schlägt, daß dem Zwerg die Sinne vergehn; da macht Laurin sich unsichtbar und schlägt dem Helden große Wunden. Jetzt versucht Dietrich es mit Ringen, wird aber bei den Beinen in den Klee geworfen. Zornflammen gehn aus seinem Munde; doch bezwingt er den Kleinen erst, als er ihm auf Hildebrands Rat den Gürtel abgerissen. Laurin fleht um Gnade, und als der zürnende Dietrich sie versagt, ruft er Dietleib als Schwager an. Dietleib hält sich zur Hilfe verpflichtet; es erhebt sich ein furchtbarer Kampf zwischen ihm und dem Berner. Hildebrand und die zwei andern drängen sich dazwischen und stiften einen Frieden, darein Laurin mitbegriffen wird. Dietrich und Dietleib schwören sich Gesellschaft, und Laurin ladet die Helden in seinen hohlen Berg.

Vor demselben ist ein lustiger Plan mit einer Linde und duftreichen Obstbäumen; darauf singen Vögel aller Art und umher spielt zahmes Wild. Dietrichs Herz ist freudenvoll, Hildebrand rät, den Tag nicht vor dem Abend zu loben; Wittich traut am wenigsten; als aber Wolfhart ihn der Furcht verdächtigt, geht er zuerst dem Berge zu und bläst ein goldnes Horn, das davor hängt. Der Berg wird geöffnet; durch eine stählerne Thür, dann durch eine goldene werden sie eingeführt. Gesang, Tanz, Ritterspiel treiben hier die Zwerge. Auf die Helden wird ein Zauber geworfen, daß keiner den

andern sieht. Zu Tisch aber erscheint Künhild, herrlich ge=
krönt; kleine Sänger und Spielleute, Ritter eine Elle lang,
reichgekleidete Mägdlein gehen mit ihr zu Hofe. Ein Stein
ihrer Krone vertreibt den Zaubernebel. Sie halst und
küßt den Bruder; was ihr Herz begehrt, wird ihr hier tausend=
fältig, aber sie sehnt sich nach der trauten Heimat. Laurin
beredet die Helden, sich zu entwaffnen. Als nun Künhild
weggegangen, fällt der Zauber wieder auf die Augen der
Gäste, und ein betäubender Trank, in den Wein gemischt,
senkt sie in festen Schlaf. So werden sie gebunden und in
einen tiefen Kerker geworfen.

Nur Dietleibs will Laurin schonen und ihn reichlich
begaben, wenn er der Genossen sich nicht annimmt. „Was
ihnen geschieht, geschehe mir!" antwortet Dietleib. Da wird
er besonders eingesperrt, aber die Schwester befreit ihn, giebt
ihm einen Ring, davon er wieder sieht, und hilft ihm zu den
Waffen. Er wirft den Genossen die ihrigen in den Kerker
hinab. Als Laurin die Helden frei sieht, stößt er ins Horn
und ein Heer von Zwergen sammelt sich. Dietleib kämpft
gegen die Ueberzahl. Indes hat Dietrich mit der Glut seines
Mundes seine Bande verbrannt; die Eisenringe zerschlägt er
mit den Fäusten und löst so auch die Genossen. Der Gürtel,
den er dem Zwerge genommen, giebt ihm das Gesicht wieder,
und er ficht jetzt an Dietleibs Seite. Einen Ring, den er
von Laurins Finger zieht, wirft er seinem Meister zu; auch
Hildebrand sieht nun und kämpft.

Zwerge zu Tausenden erliegen; da läuft einer vor den
Berg und ruft mit dem Horne fünf Riesen aus dem Walde
herbei. Sie eilen mit ihren Stangen zum Streite. Wittich
und Wolfhart, den Waffenschall vernehmend, wollen blind=
lings unter die Feinde springen; Künhild hilft auch ihnen

durch Ringe mit edeln Steinen zum Gesicht. Jeder der fünf Helden nimmt einen Riesen auf sich, jeder erschlägt den seinigen. Bis ans Knie waten sie im Blute. Laurin wird gefangen. Großen Schatz führen die Sieger von dannen. Laurin versöhnt sich nach einiger Zeit mit Dietrich und beide schließen treue Freundschaft miteinander.

(Uhland.)

4. Virginal.

Die Bergkönigin Virginal wird von einem Riesen, der ihr Reich verwüstet, hart bedrängt; der junge Dietrich zieht mit Hildebrand ihr zu Hilfe. Auf dem Wege zu Virginal bestehen sie viele Abenteuer und Kämpfe mit Drachen und Riesen. Dietrich verirrt sich im Walde und wird von einem Riesen gefangen genommen und in der Burg Muter eingekerkert. Hildebrand ist inzwischen an Virginals Hof gekommen, dort trifft ihn Botschaft von der Gefangenschaft Dietrichs. Da reitet er nach Bern zurück, holt die Wülfinge (darunter Wolfhart), auch Wittich und Heime und zieht vor Muter. Die Riesen werden erschlagen und Dietrich befreit. An Virginals Hof wird er mit großen Ehren empfangen und kehrt dann nach Bern zurück.

D. Mythische Bedeutung dieser Sagen.

Von den märchenhaften Sagen, die von Dietrich erzählt werden, ist die von seiner Gefangenschaft bei Unholden schon sehr früh bezeugt; bereits das eine Balderefragment (s. S. 123) spielt auf die Sage an, daß Deodric durch Widia aus einer Gefangenschaft befreit wurde, in die er durch Ungeheuer geraten war. Die Sage von Dietrichs Gefangenschaft, die in Virginal benutzt ist, war also schon den Angelsachsen im 8. oder 9. Jahrhundert bekannt; auch in den Norden drang sie und findet sich, obwohl unter fremden Namen, in einer altnordischen Saga (Hrólfssaga Gautrekssonar) wieder, die gleichwohl Spuren enthält, daß Personen der Dietrichsage sich unter den nordischen Namen bergen (Heinzel). In diesem Zuge liegen also Reste alter, vielleicht noch ostgotischer Heldensage vor. Die Verbindung von Wittich und Heime als treuen Notgesellen in Kämpfen mit mythischen Wesen mag darnach sehr alt sein und erwiese die beiden als halbmythische Gestalten, von denen eine, Wittich, mit dem historischen Sagenhelden Wittich (Vibigoia) etwa infolge einer Namengleichheit verschmolz (s. S. 103).

Die anderen märchenhaften Dietrichsagen sind größtenteils tirolische Lokalsagen; noch heute weiß der tirolische Volksglaube von den wunderbaren Rosengärten der Zwergkönige, von drei Zauberfrauen auf Jochgrimm, die Sturm und Hagel erregen, zu erzählen. Auf Elementarmythen weist, wie letztere tirolische Sage, auch der Name Ecke, der Schrecker, und Vasolt, der Entsetzen Erregende; wenn Vasolt ein Holzweibchen verfolgt, so ist er deutlich als Sturmdämon gekennzeichnet. Als solcher wird er auch in einem altdeutschen Wettersegen angerufen, das aufsteigende Unwetter zu zerstreuen. Die Verknüpfung Dietrichs mit diesen Sagen und Elementarmythen ist gewiß ziemlich jung; manche seiner Kämpfe mit Riesen erinnern an die nordischen Mythen vom Donnergotte Thor, dem gewaltigen Schützer der Menschen gegen die riesischen Elementarmächte; darf man auch Dietrich nicht geradezu einen direkten Vertreter Donars nennen, so spricht doch vieles dafür, daß sich in den an seine Person gehefteten Sagen Reste alter Gewittermythen bergen.

Die Naturgrundlage für die Ausbildung der Riesen= und Drachengestalten der tirolischen Sagen hat Uhland mit feinem poetischen Sinn erkannt und schön aus den ver= schiedenen Zügen der Gedichte zusammengestellt und erklärt: „Dietrichs Kampfabenteuer mit Riesen und Drachen sind noch voll des frischen Naturlebens, von dem sie den Ausgang nahmen. Im Eckenliede rauscht noch immer der unbändige Sturmgeist, zum Schrecken der Vöglein und alles Getieres, durch die krachenden Bergwälder. Selbst in dem späten Dichtwerke Virginal waltet noch immer, mitten unter dem geziertesten Hofwesen, ein reger Sinn für die großartige Gebirgswelt, deren gewaltsamste Erscheinungen als Riesenvolk und Drachenbrut dargestellt sind. Die Abenteuer bewegen sich im wilden Lande Tirol, im finstern Walde, darin man den hellen Tag nicht spürt, wo nur enge Pfade durch tiefe Tobel, Thäler und Klingen führen, zu hochragenden Burgfesten, deren Grundfels in den Lüften zu hängen scheint; wo der Verirrende ein verlorner Mann ist, der einsam Reitende sich selbst den Tod giebt. Dort, wo ein Bach vom hohen Fels herbricht, da springt der grimmige Drache, Schaum vor dem Rachen, fort und fort auf den Gegner los und sucht ihn zu verschlingen; wieder 'bei eines Brunnen Flusse' vor dem Gebirge, das sich hoch in die Lüfte zieht, schießen große Würme her und hin und trachten, die Helden zu verbrennen; bei der Herankunft eines solchen, der Roß und Mann zu verschlingen droht, wird ein Schall gehört, recht wie ein Donnerschlag, davon das ganze Gebirg ertost. Leicht er=

kennbar sind diese Ungetüme gleichbedeutend mit den siedenden
donnernden Wasserstürzen selbst. Dazwischen ertönt, ebenso
donnerartig, das gräßliche Schreien der Riesen; als Dietrich
mit tötlichem Steinwurf einen jungen Riesen getroffen hat,
stößt dieser einen so grimmen Schrei aus, als bräche der
Himmel entzwei, und seine Genossen erheben eine Wehklage,
die man vier Meilen weit über Berg und Tann vernimmt,
die stärksten Tiere fliehen aus der Wildnis, es ist, als wären
die Lüfte erzürnt, der Grimm Gottes im Kommen, der Teufel
herausgelassen, die Welt verloren, der jüngste Tag ange=
brochen; ein starker Riese 'Felsenstoß' läßt seine Stimme
gleich einer Orgel erdröhnen, man hört sie über Berg und
Thal, überall erschrecken die Leute, und selbst der sonst uner=
sättliche Kämpe Wolfhart meint, die Berge seien entzwei, die
Hölle aufgeweckt, alle Recken sollen flüchtig werden; auch die
Riesen hausen am betäubenden Lärm eines Bergwassers,
bei einer Mühle und zu nächst einer tiefen Höhle. Der
Zusammenhang dieser fabelhaften Gestalten mit ihrer land=
schaftlichen Umgebung hat sich frisch und lebendig erhalten.
Hier in der Wildnis des Hochgebirgs, wie anderwärts in der
Wüste des Meeres, gährt noch etwas von dem urweltlichen
Chaos, das im Riesentum vornherein seinen mythischen Aus=
druck gefunden hat und am Ende der Zeiten zerstörend wieder
hereinbrechen wird." —

E. Sagenverknüpfungen und Ausklänge.

Die Dietrichsage hat nicht nur alle in Deutschland er=
haltenen Reste der gotischen Heldensage (Ermanrich, Vidigoja)
an sich gezogen, sondern ist auch, entsprechend dem cyklischen
Zuge der Heldensage, mit anderen Sagen in Verbindung ge=

treten oder gesetzt worden, am innigsten mit der Sage vom
Untergange der Burgunderkönige an Etzels Hofe (f. S. 71).
Nur äußerlich und ziemlich willkürlich dagegen ist die Ver=
knüpfung mit der Siegfriedsage, die im Gedichte vom Rosen=
garten erzählt wird: König Gibich zu Worms hat einen
schönen Rosengarten, der von zwölf Recken gehütet wird.
Kriemhild will ihren Bräutigam Siegfried gern mit dem
Berner kämpfen sehen, sie ladet daher Dietrich ein, selbzwölft
an den Rhein zu kommen, sich im Kampfe mit ihren Recken
zu messen, dem Sieger soll ein Kranz von Rosen und ein
Kuß von ihr werden.   Dietrich nimmt die Einladung an,
sämtliche Berner Helden siegen, zuletzt kämpft Dietrich mit
Siegfried und treibt ihn so in die Enge, daß Kriemhild ihn
durch ihr Einschreiten retten muß.   Die tendenziöse Erfindung
ist klar; der Gegensatz des bairisch=österreichischen Sagenhelden
Dietrich und des rheinischen Siegfried spiegelt die Stammes=
eifersucht der östlichen Ritterschaft gegen die westliche wieder,
die in der Besiegung Siegfrieds durch Dietrich ihre Befrie=
digung suchte; genau so erfindet die dänische Sage einen
Kampf Dietrichs mit Holger Danske, dem dänischen National=
helden, und sucht in seinem Siege über Dietrich die Ueber=
legenheit der Dänen über die Deutschen zum Ausdruck zu
bringen.   Auf die neben dieser Erfindung im Rosengarten,
vorhandenen alten Sagenzüge kann hier nicht näher einge=
gangen werden.

Die Sage von Dietrich von Bern hat sich durch das
ganze Mittelalter bis tief in das sechszehnte Jahrhundert in
Deutschland lebend erhalten; das jüngere, in mehreren
Varianten existierende Volkslied von Hildebrand ist ein inter=
essanter Beweis, wie der Stoff eines alten Einzelliedes sich
in der alten epischen Begrenzung in Umformungen vom 8. bis

ins 16. Jahrhundert erhalten konnte. Mit dem dreißigjährigen Kriege erlischt auch die Dietrichsage im Volke. In Dänemark, Norwegen und auf den Färöern war Dietrich der Held zahlreicher Kämpeviser (Heldenballaden), die zum Teile auf die Thidrekssaga zurückgehen, zum Teile aber auch aus niederdeutschen Liedern von der Art, wie sie vom Verfasser der ThS. verwertet wurden, entsprungen sind; im Volke lebend sind von diesen heute nur mehr die färöischen Balladen, die noch immer auf jenen fernen Inseln zum Tanze erklingen.

Die Ermanarichsage.

Hauptquellen.

A) historische (römische):
1. Der Bericht des römischen Geschichtsschreibers Ammianus Marcellinus (4. Jahrhundert).
2. Der Bericht des gotischen Geschichtsschreibers Jordanes (6. Jahrhundert).

B) poetische:
1. Oberdeutsche: Nur Andeutungen in den Dietrichepen und einige sonstige Zeugnisse.
2. Niederdeutsche:
   a) Die Erzählung der Thidreksssaga.
   b) Das Lied von „König Ermenrichs Tod", in einem Flugblatt des 16. Jahrhunderts erhalten. (Ausgabe von Goedeke 1851, Uebersetzung bei Raßmann I, 356).
3. Nordische: Die Eddalieder Guðrúnarhvǫt (Gudruns Aufreizungs) und Hamðismól (das Lied von Hamðir, außerdem Berichte in der Snorra Edda, bei Saxo Grammaticus ꝛc.

I. Die geschichtlichen Nachrichten.

Der älteste, rein historische Bericht über den Ostgotenkönig Ermanarich ist der seines Zeitgenossen Ammianus Marcellinus;[1] er erzählt, daß der tapfere und mächtige

---

[1] Schrieb um 390 n. C.

Fürſt durch den plötzlichen Hunnenſturm, der über ſein Land
hereinbrach, ſo erſchüttert wurde, daß er, um dem unaus=
weichlichen Untergange zu entgehen, ſich ſelbſt das Leben
nahm.   Das Ereignis wird von der Geſchichte in das Jahr
375 geſetzt.   Der Selbſtmord eines ſo kriegeriſchen und mäch=
tigen Königs aus Furcht ſpiegelt nachdrucksvoll den erſchüt=
ternden Eindruck wieder, den das Erſcheinen der beſtialiſchen
Hunnenſcharen in der abendländiſchen Welt hervorrief.   Aber
der Selbſtmord eines germaniſchen Fürſten aus Angſt war
etwas ſo unerhörtes, daß er notwendigerweiſe Sagenbildungen
hervorrief, die ſeinen Tod anders begründeten, anders darſtellten.

        Schon Jordanes[1]) erzählt das hiſtoriſche Ereignis
ganz ſagenhaft: Als die Hunnen, dieſer dämoniſche Stamm,
gezeugt von Wüſtenunholden und vertriebenen gotiſchen Hexen,
aus den Steppen Aſiens wie ein Wirbelwind ſich auf das
gotiſche Reich ſtürzten, log der greiſe König Ermanarich an
einer ſchweren Wunde ſiech.   Er hatte im Zorne über die be=
trügeriſche Entfernung eines Roſomonen[fürſten] teſſen Gattin
Sunilda von wilden Pferden zerreißen laſſen; ihre Brüder
Sarus und Ammius überfielen ihn, um den Mord der
Schweſter zu rächen, doch mißlang ihr Mordanſchlag, Er=
manarich wurde nur ſchwer verwundet.   Das Siechtum, das
hohe Alter und die Angſt vor dem Hunneneinfall wirkten
derart auf ihn, daß er vor Verzweiflung ſtarb.

II. Die Sage im Norden.
(Jörmunrek=Svanhildſage.)

        Die Sage hat ſich von den Goten zu den übrigen Ger=
manen verbreitet und dabei nicht bloß umgeſtaltet und weiter=

---

[1]) Schrieb 551 n. C.

entwickelt, sondern auch den Charakter Ermanarichs ganz verändert; schon ein angelsächsisches Zeugnis aus dem
7. oder 8. Jahrhundert (Deörs Klage) spricht von Eorman-
rices „wölfischem Sinne" und in der deutschen und teilweise
auch der nordischen Sage ist er „das Kolossalbild des grau-
samen und habsüchtigen Herrschers, der gegen sein eigenes
Geschlecht wütet" (Müllenhoff).

Die isländisch-norwegische Sage berichtet:
Nach dem Tode Atlis wird Gudrun die Gemahlin Jónakrs;
zwei Söhne, Hambir und Sörli, entspringen ihrer Ehe.
Svanhild, Gudruns und Sigurds Tochter, wächst mit den
Stiefbrüdern auf. Der mächtige König Jörmunrek wirbt auf
den Rat seines falschen Ratgebers Bikki um Svanhild; sein
Sohn Randver holt die Braut; Bikki bezichtigt beide bei dem
König eines sträflichen Verhältnisses; da läßt er Randver an
einen Galgen aufknüpfen und Svanhild von wilden Rossen
zerstampfen; erst als der sonnenhelle Blick von Svanhilds
Augen durch ein Tuch verhüllt wird, vollführen die Rosse
das grause Werk. Gudrun reizt ihre Söhne zur Rache und
rüstet sie selbst mit Helm und Brünne zur Fahrt. Auf dem
Wege will sich ihnen ihr Stiefbruder Erp, ein unehelicher
Sohn Jónakrs, gesellen, aber sie geraten in Streit, die fun-
kelnden Klingen fliegen aus der Scheide und sie fällen den
Halbbruder. Sie nahen der Halle Jörmunreks und sehen an
einem Galgen Randver hängen, von Schlangen umkrochen —
nicht geheuer war der Anblick. Sie bringen in die Burg,
Kampfgetümmel erhebt sich, Jörmunrek werden Hände und
Füße abgehauen, da brüllt er seinen Mannen zu, die un-
verwundbaren Helden zu steinigen. Zu spät bereuen sie nun
die Ermordung Erps, der das Haupt Jörmunreks als dritter
hätte abschlagen können, Sörli sank an des Saales Giebel
und Hambir fiel an des Hauses Rückwand.

III. Die Sage in Deutschland.

(Spuren der Ermanarich-Svanhildsage. — Die Harlungensage.)

Die gotische Ermanrich-(Svanhild)sage (deren Verbindung
mit der Nibelungensage im Norden eine sehr lose und willkürliche ist) muß auch in Deutschland bekannt gewesen sein,
woher sie überhaupt erst in den Norden drang, doch hat sich
weder eine selbständige epische Behandlung, noch eine halb-
wegs ausführlichere Anspielung auf sie in den Dietrichepen
erhalten; nur in der Quedlinburger Chronik (und zwar
in einer Partie derselben, welche aus den letzten Jahren des
10. Jahrhunderts stammt), heißt es, aus der Volkssage ge-
schöpft, Ermanarich sei von den drei Brüdern Hamidus,
Serila und Adoacar, seinen Neffen, zur Strafe für die
Tötung ihres Vaters angefallen und durch Abhauen der
Hände und Füße verstümmelt worden, was seinen Tod
herbeiführte; was andere Chroniken, aus dieser Quelle
schöpfend, wiederholen. Svanhild ist ganz vergessen, und der
historische Odoakar hier auf Grund einer eigenartigen Sagenentwicklung hinzugetreten. Ein letzter Ausläufer der alten
gotischen Sage von dem Ueberfalle Ermanrichs durch rache-
suchende Helden ist die eigentümliche Sagenfassung des niederdeutschen Liedes von König Ermanrichs Tod, wonach Dietrich
von Bern selbzwölft in Ermanrichs Burg einbricht und ihn
tötet; selbst aus der jungen, entstellten Form des Gedichtes
ergeben sich so überraschende Aehnlichkeiten mit dem eddischen
Liede von Hambirs und Sörlis Kampf mit Jörmunrek, daß
die Annahme unabweisbar ist, der Inhalt des Liedes sei ein
in beständiger Tradition ungemein entstellter Ausläufer eines

altniederdeutschen Liedes,[1]) das die Ermanrichsage ähnlich wie
das Eddalied besang, dem es durch dänische Vermittlung zu
Grunde gelegen haben muß. Das Eintreten Dietrichs kann
natürlich erst junger Sagenverbindung entsprungen sein.

Umgekehrt fehlt im Norden bis auf dunkle Anspielungen
eine andere Sage von Ermanrich, die in Deutschland verbreitet war, die Sage von den Harlungen, deren Haupt-
züge nach den verschiedenen, von einander teilweise abweichenden
Zeugnissen ungefähr folgende sind. Zwei jugendliche Brüder,
die Harlungen Emrika und Fritila, stehen in der Pflege des
treuen Eckehart; zu Breisach im Breisgau ist ihre Burg, und
ein ungeheurer Hort ist ihr Eigen. Jugendlich übermütig ist
ihr Benehmen, kein Waldvogel, kein wildes Tier ist vor
ihnen sicher; leicht wird es darum Sibich, sie bei ihrem Ohm
Ermanrich zu verleumden, sie hätten ihre Augen auf die
Königin, Ermanrichs Gemahlin, geworfen und drohten sie zu
belästigen. Ermanrich, von Zorn über ihre Verwegenheit und
von Habgier nach ihrem Hort getrieben, bringt sie in Abwesenheit ihres Pflegers hinterlistig in seine Gewalt und läßt
sie aufhängen. Ein alter Mythus von einem göttlichen Dioskurenpaar, das dem Himmelsgotte
Irmintius die Sonne als Braut zuführen soll,
aber pflichtvergessen sie selbst gewinnen will
und von dem erzürnten Gotte getötet wird, liegt
(nach Müllenhoffs tiefgehenden Untersuchungen) der Harlungensage zu Grunde, die wahrscheinlich in Alemannien mit der Ermanrichsage verbunden
wurde, wozu die Namenähnlichkeit des Gottes und des
Herrschers Anlaß geben konnte. Aus der Form des Mythus
stammen auch (wie man vermuten darf) die Gegensätze Ecke-

---

[1]) Vgl. das alte und junge Hildebrandslied S. 115.

harb und Sibich. Die Uebertragung des Harlungenmythus
auf Ermanrich beeinflußte auch die Ausbildung der historischen
Ermanrich=Svanhildsage, indem die entscheidende Umwandlung,
wonach Svanhild nicht wie bei Jordanes als Opfer für die
Untreue des Gemahls, sondern wegen ihres angeblichen Ver=
hältnisses zu ihrem Brautführer samt ihm getötet wird, aus
dem Motive der mythischen Harlungensage übernommen
worden ist.

   In Deutschland trat die Ermanrichsage in Verbindung
mit der Dietrichsage und verlor bald ihre älteren Bestandteile,
die uns nur in Spuren aus den mittelhochdeutschen Gedichten
und sonstigen deutschen Quellen bekannt sind.

Die Walthersage.

***

Hauptquellen.

1. Zwei Fragmente eines angelsächsischen Heldengedichtes aus dem achten Jahrhundert, gewöhnlich „Valdere" genannt.

2. Das lateinische Epos Waltharius, zu Anfang des 10. Jahrh. von dem St. Gallner Mönch Ekkehard I. verfaßt, zu Anfang des 11. Jahrhunderts von Ekkehard IV. umgearbeitet; in der Ausgabe von Scheffel und Holber (Stuttgart 1874) steht der Text und Scheffels Umdichtung (aus dessen Roman Ekkehard); auch die Balbere-Fragmente nebst Uebersetzung sind darin enthalten. Uebersetzung und Erläuterung von Althof, Samml. Göschen Nr. 46.

3. Fragmente eines mhd. Epos Walther und Hiltgunt.

4. Ein Abschnitt der Thidreksaga.

I. Darstellung der Sage.

Etzel, mit Heeresmacht die Westreiche durchziehend, empfängt von den Königen Zins und Geißel. Gibich, der Franken König zu Worms, dessen eigner Sohn Gunther noch zu klein ist, giebt den Jüngling Hagen, aus edlem Trojerstamme, samt großer Schatzung. Der Burgundenkönig Heririch, zu Cavillon [Châlons sur Saone], giebt sein einziges Töchterlein Hiltgund, Alphar, König in Aquitanien, seinen jungen Sohn Walther, durch Gelöbnis der Väter für Hiltgund bestimmt. Hagen und Walther werden bei Etzeln wohl er-

zogen; sie thun es allen Hunnen in den Künsten des Kriegs
zuvor und führen des Königs Heere. Hiltgund, der Frauen-
arbeit kundig, gewinnt die Huld der Königin und wird der
Schatzkammer vorgesetzt. Indes stirbt Gibich; sein Nachfolger
Gunther kündigt Bündnis und Zins den Hunnen auf. Als
Hagen dies erfahren, flieht er bei Nacht. Damit nicht auch
Walther, des Reiches Trost, entfliehe, will Etzel, nach dem
Rate der Königin, ihn mit einer hunnischen Fürstentochter
vermählen. Walther lehnt die Heirat ab, als würde sie ihn
im Dienste des Königs säumig machen.

Als er nun einst von einer Heerfahrt sieghaft zurückkehrt,
trifft er Hiltgunden allein. Er küßt sie, läßt sich von ihr
den Becher reichen und drückt ihre Hand, zur Erinnerung
des Verlöbnisses; dann beredet er mit ihr die Flucht aus der
langen Verbannung. Längst wär' er entflohen, wenn er die
Jungfrau hätte zurücklassen wollen. Der Abrede gemäß giebt
Walther dem König ein großes Mahl, wobei sämtliche Gäste
in Trunkenheit und tiefen Schlaf versenkt werden. Hiltgund
ladet zwei Schreine mit goldenen Armringen aus der Schatzkammer. Die Schreine werden Walthers Roß Leo an die
Seiten gehängt, das die Jungfrau am Zügel führt. Der
Held schreitet in voller Rüstung, mit Schild und Speer,
Hiltgund trägt eine Angelrute. So ziehen sie in der Nacht
davon und streichen, das bebaute Land meidend, durch unweg-
same Wälder und Gebirge, mit Vogelstellen und Fischfang
sich nährend. Der Jungfrau schlägt das Herz, wenn der
Wind die Zweige rührt oder ein Vogel hindurchrauscht.
Vergeblich aber hat Etzel sein Gold ausgeboten, wer ihm
den Flüchtling zurückbringe; kein Hunne wagt es, den Helden
zu verfolgen.

Am vierzigsten Abend gelangen Walther und Hiltgund

zum Ufer des Rheines bei Worms. Für die Ueberfahrt
giebt Walther Fische, die er früher gefangen. Diese bringt
der Ferge zur Stadt und sie kommen auf den Tisch des
Königs Gunther, der sich wundert, in Frankenland solche
Fische zu sehen. Der Fährmann, befragt, woher die Fische
seien, erzählt von dem wandernden Recken und der schönen
Jungfrau, auch daß beim Tritte des Rosses die Schreine wie
von Gold und Edelsteinen erklungen. Hagen, der mit am
Tische sitzt, errät, daß sein Geselle Walther von den Hunnen
kehre. Da jubelt König Gunther, daß der Schatz, den sein
Vater gezinst, in sein Reich zurückgekommen. Sogleich wählt
er zwölf Recken, den Wandernden nachzujagen; Hagen selbst,
obgleich er abrät, ist von der Zahl.

Derweil ist Walther in den Wasgenwald gekommen, ein
wildreiches Waldgebirge, das oft von Hörnern und Hunden
widerhallt. Dort bilden zwei überhangende Berggipfel eine
Kluft mit frischbegrüntem Boden. An dieser sicheren Stelle
will Walther ruhen, er hat bisher nie anders geschlafen, als
auf den Schild gestützt; jetzt entledigt er sich der Waffen
und legt sein Haupt in den Schoß der Jungfrau, die, über
ihm wachend, von hier aus weit die Gegend überschaut. Ferne
den Staub von Rossen gewahrend, weckt sie Walthern. Er
wappnet sich, faßt Schild und Speer und stellt sich an den
Eingang der Höhle. Hiltgund, die Hunnen fürchtend, bittet
ihn, ihr das Haupt abzuschlagen, damit sie keines andern
werde. Der Held aber erkennt die Nibelunge und am Helm
seinen Gesellen Hagen, der allein ihm Sorge macht. König
Gunther hat die Spur im Sande verfolgt; mit seinen Recken
herangesprengt, sendet er den Kamelo von Metz, um Walthern
das Pferd mit den Schreinen zusamt der Jungfrau abzufor=
bern. Der Held bietet, wenn man ihm den Kampf erlasse,

hundert Goldringe. Hagen rät dem Könige, solches anzu-
nehmen; als aber all seine Warnung vergeblich ist, reitet er
hinweg und setzt sich auf einen nahen Hügel. Kamelo wird
nochmals abgeschickt, von Walthern den ganzen Schatz zu
verlangen und, wenn er zögre, ihn zu bestehen. Vergebens
bietet Walther zweihundert Goldringe. Kamelo wirft den
Speer, dem Walther ausweicht; den seinigen werfend, lähmt
er Kamelos Rechte und durchsticht ihn mit dem Schwerte.
Der Reihe nach kämpfen Skaramund, Kamelos Neffe, Wer=
hard, der Sachse Eckevrid, Hadwart, Patavrid, Hagens
Schwestersohn, vom Oheim und von Walthern selbst ver=
geblich abgemahnt, Gerwit, Randolf, Helmnod, Trogunt von
Straßburg, Tanast von Speyer. Der enge Pfad gestattet
je nur einem den Angriff und so werden sie nacheinander von
Walthern in mannigfachem Kampf erlegt.

König Gunther, allein noch übrig, flieht zu Hagen und
fleht ihn, sich zum Streit zu erheben; nach langer Wei=
gerung rät Hagen, zuvörderst Walthern aus der Feste zu
locken. Sie reiten weg und legen sich auf die Lauer. Indes
ist die Sonne zur Rast gegangen, Walther will nicht wie
ein Dieb in der Nacht entweichen, er verhegt den Weg zur
Höhle mit Dornen und bindet die erbeuteten Rosse fest. Auf
den Schild gelagert, schläft er die erste Hälfte der Nacht,
indes die Jungfrau, zu seinem Haupte sitzend, mit Gesange
sich wach erhält. Dann legt Hiltgund sich zum Schlummer
und Walther, auf den Speer gelehnt, hält Wache. Am
Morgen beladet er vier jener Rosse mit den Waffen der
Erschlagenen, auf das fünfte setzt er die Braut und das sechste
besteigt er selbst. Nicht weit sind sie im Thale gezogen, als
hinter ihnen Gunther mit Hagen daherjagt. Sogleich heißt
Walther die Braut mit dem Rosse Leo, das den Schatz trägt,

in das nahe Gehölz reiten; er selbst stellt sich dem Angriff.
Hagen, um seinen Neffen Rache suchend, wird umsonst von
Walthern der alten Freundschaft gemahnt, umsonst ihm ein
Schild voll Goldes geboten.   Von der zweiten bis zur neunten
Stunde wehrt Walther sich im Fußkampfe gegen die beiden.
Jetzt wirft er auf Hagen gewaltig den Speer, und zugleich
Gunthern mit dem Schwert anlaufend, haut er diesem ein
Stück vom Schenkel, daß der König auf seinen Schild nieder-
stürzt.   Walther will ihm den Todesstreich geben, aber Hagen
streckt sein Haupt dazwischen, an seinem Helme zerspringt das
Schwert, und als Walther zürnend das Heft wegwirft, schlägt
ihm Hagen die rechte Hand ab.   Mit dem wunden Arme
faßt Walther den Schild, mit der gesunden Hand sein hun-
nisches Halbschwert und schneidet Hagens rechtes Auge samt
dem Kiefer hinweg.   Als so jeder sein Zeichen hat, ruhen
sie beisammen im Grase.   Hiltgund, herbeigerufen, verbindet
die Wunden und schenkt den Wein.   Der König, weil er
streitträge, bekommt zuletzt.   Umher liegen Gunthers Bein,
Walthers Hand, Hagens zuckendes Auge.   Die zwei Helden
aber scherzen beim Becher: Walther soll Hirsche jagen zu
Lederhandschuhen, wovon der rechte wohl auszustopfen sei;
das Schwert werd' er rechts angürten und sein Weib einst
links umfangen; Hagen werde statt Eberfleisch gelinden Brei
essen und scheel blickend die Helden begrüßen.   So erneuern
sie blutig die Genossenschaft.   Den ächzenden König heben
sie zu Pferde.   Die Franken kehren gen Worms, Walther
in sein Heimatland.[1])

---

[1]) Nach dem Epos Waltharius; Uhlands Inhaltsangabe.

II. Herkunft und Bedeutung der Sage.

. Weder über die Heimat der Sage, noch ihren Ursprung ist bisher etwas sicheres ermittelt worden. Aus der Angabe, Walthers Vater sei König von Aquitanien gewesen, ginge hervor, daß Walther ein westgotischer Held sei, denn Aquitanien gehörte im fünften Jahrhundert, in dem die Sage sich bildete, noch zu dem spanischen Westgotenreiche; aber die Angaben der Quellen schwanken. Da Walther keine historische Persönlichkeit ist, hat man in der Walthersage einen Mythus finden wollen und zwar denselben, welcher der Hildesage der Skandinavier zu Grunde liegt; die Berechtigung hiezu bleibt zweifelhaft; jedenfalls ist in der Sage, wie wir sie aus den erhaltenen poetischen Denkmälern kennen, nichts mehr mythisch und sie ist ein poetisches Abbild historischer Zustände und Begebenheiten des fünften Jahrhunderts: Geißelschaft vornehmer Kinder bei Attila, die Flucht solcher Geißeln, Befreiung gefangener Frauen durch Entführung von Attilas Hof sind natürliche Begebenheiten, die durchaus das Gepräge der Völkerwanderungszeit an sich tragen, werden zum Teile auch in historischen Berichten wirklich erwähnt (Heinzel), und haben, ohne daß ein einzelner bestimmter Fall zu Grunde läge, ihren typischen Ausdruck in der Sagenbildung gefunden. Bei welchem germanischen Stamme diese Sagenbildung vor sich ging, ist ganz unsicher; bald verbreitet sie sich zu zahlreichen deutschen Stämmen und dringt früh zu den Angelsachsen, wo sie in einem epischen Lied behandelt wurde, dessen Verlust wir nach der Schönheit der einzigen zwei erhaltenen Fragmente doppelt beklagen müssen.

Etwas abweichend von der alemannischen Sagengestalt, die wir aus dem Waltharius und den Valderesfrag-

menten kennen, ist die (vermutlich) fränkische, die durch
niederdeutsche Vermittlung in der Thidrekssaga vorliegt, wo=
nach Walther nicht mit Gunther und seinen Recken zu fechten
hat, sondern mit den nachsetzenden Hunnen, bei denen sich
Hagen befindet. Nach der Entstehungsweise der Sage ist es
wahrscheinlich, daß diese Sagenform hierin einen echteren
Zug bewahrt hat als die alemannische: die Hunnen, denen
Walther entflohen und Hilbegunde samt dem Schatz geraubt,
sind die natürlichen Verfolger Walthers, während der historische
Burgunderkönig Gunther, der in Waltharius als Frankenkönig
erscheint (in Valdere ist er noch Burgunder), doch nur einer
späteren Sagenverschmelzung seine Verbindung mit der Walther=
sage danken kann.

Die Ortnit-Wolfdietrich-Sage.

I. Darstellung der Sage.

Die Hauptquellen unserer Kenntnis der Sage in der
Form, die sie in Süddeutschland im 13. Jahrhundert hatte, sind
die zahlreichen, stark von einander abweichenden und mehrfach um-
gearbeiteten Ortnit-Wolfdietrichepen, die uns nur in sehr
späten Handschriften überliefert sind, in ihrer ursprünglichen Gestalt aber doch noch in das 13. Jahrhundert fallen. Da die
jüngeren Verschmelzungen, Erweiterungen und Umformungen der
Gedichte mit der Entwicklungsgeschichte der eigentlichen Heldensage
wenig zu thun haben, ist ein näheres Eingehen auf diese Verhältnisse ausgeschlossen; in Bezug auf Ausgaben genügt es hier,
auf den dritten und vierten Band des Deutschen Heldenbuches
(Berlin 1866—1873, 5 Bde.) zu verweisen.

A. Ortnit.

Ortnit, der junge König in Lamparten (Lombardei) auf
der Burg zu Garten (Garda), findet keine kronwürdige Braut,
weil alle Könige diesseits des Meeres ihm dienen. Darum
will er nach der Tochter des Heidenkönigs Machorel zu
Muntabur fahren, obgleich schon viele Häupter der Werber
um sie auf den Zinnen der Burg stecken. Zuvor reitet er
in die Wildnis am Gartensee (Gardasee), von dem wunder-
kräftigen Stein eines Ringes geleitet, den ihm die Mutter

gegeben. Vor einer Felswand, daraus ein Brunnen fließt, sieht er auf blumigem Anger eine Linde stehen, die fünfhundert Rittern Schatten gäbe. Unter der Linde liegt ein schönes Kind im Grase, köstlich gekleidet, mit Gold und Gesteine reich geschmückt. Es ist der Zwergkönig Alberich, dem Berg' und Thale dienen. Lange neckt und prüft der starke Zwerg den Jüngling; zuletzt entdeckt er sich als dessen Vater. Jetzt hebt er sich in den Berg und holt für Ortnit eine leuchtende Rüstung, samt dem herrlichen Schwert Rose. Zum Abschied verspricht er, dem Sohne stets gewärtig zu sein, so lang' dieser den Ring habe.

Die Zeit der Meerfahrt ist herangekommen. Zu Messina eingeschifft, fahren sie erst gen Suders, der Heiden Haupt= stadt, wo vor allen Ilias, König aller Reußen, Ortnits Oheim, als Heidenvertilger wütet. Von da ziehen sie vor die Königsburg Muntabur, auf des Gebirges Höhe. Alberich hat seines Wortes nicht vergessen; er saß die ganze Fahrt über auf dem Mastbaume, keinem sichtbar, als wer den Ring am Finger hatte. Ueberall schafft er Rat und Hilfe. Jetzt weist er die Straße nach Muntabur, dem Heere mit dem Banner vorreitend; aber nur Roß und Fahne sind sichtbar, der Träger nicht. Er neckt den Heidenkönig, wenn dieser nachts, sich zu erkühlen, an die Zinne tritt, rauft ihm den Bart, wirft das Wurfgeschütz und die Särge der Heidengötter in den Graben. Er zeigt der Königstochter von der Zinne den Helden Ortnit, wie er herrlich im Streite geht, sein Harnisch leuchtend, blutig das Schwert. Da spricht sie: „Er ist eines hohen Weibes wert". Alberich führt sie heimlich zur Burg hinaus, wo Ortnit sie vor sich zu Rosse hebt und mit ihr davonrennt. Mit den verfolgenden Heiden besteht der Held siegreichen Kampf; des Heidenkönigs schont er um der Tochter willen. Auf dem Meere wird sie getauft und erhält den Namen Liebgart (Sidrat nach anderen Fassungen), nach der Heimkunft aber wird ihre Krönung zu Garten gefeiert.

Der alte Heidenkönig, Versöhnung heuchelnd, sendet reiche Geschenke. Zugleich aber bringt sein Jäger zwei junge Lindwürme mit, die er im Gebirg oberhalb Trient in einer Felshöhle groß zieht. Nach Jahresfrist kommen sie heraus und schweifen gierig umher. Ihr Pfleger selbst ist ihnen kaum entronnen. Niemand wagt mehr die Straße zu ziehen; die Aecker werden nicht eingesäet, die Wiesen nicht gemäht. Bis vor die Burg von Garten wird das Land verwüstet. Tod droht dem Helden, der sie zu bestehen wagt.

Da beschließt Ortnit, der Not des Landes zu steuern. Umsonst fleht ihn die Unheil ahnende besorgte Gattin, von dem Unternehmen abzustehen; er reißt sich aus ihren Armen und heißt sie, wenn er fallen solle, dereinst seinem Rächer ihre Hand zu reichen. Ohne Gefolge reitet er in den wilden Wald, um den Lindwurm aufzusuchen und zu bestehen. Fahrtmüde rastet er unter einem Baume und versinkt in tiefen Schlaf. Da wälzt sich der Lindwurm heran; vergeblich sucht der treue Hund durch Bellen und Scharren seinen Herrn zu wecken, zu tief ist sein Schlaf. So findet Ortnit von dem Lindwurm, der ihn verschlingt, den Tod.   [Nach Uhland.]

B. Wolfdietrich.
1. Wolfdietrichs Jugend.

Ueber Wolfdietrichs Jugend giebt es drei stark abweichende Sagenformen, deren eine auch eine ausführliche Erzählung von Hugdietrich, Wolfdietrichs Vater, enthält: die zwei wichtigsten Sagenform werden hier (als a und b) mitgeteilt.

Sagenform a. (Berchtung und Saben.)

Zu Konstantinopel herrschte ein gewaltiger König, Namens Hugdietrich; zwei Söhne hatte ihm seine Gemahlin geboren, beide hießen Dietrich. Einst mußte er eine Kriegsfahrt ziehen. Reich und Gemahlin empfahl er dem Schutze des Herzogs Saben. Dieser aber suchte die Königin zu unerlaubter Liebe zu verleiten; als sie ihn zürnend abwies, verredete er seine schmähliche Zumutung, es sei nur eine List gewesen, um ihre Treue zu erproben. Die Königin glaubte ihm und versprach, darüber zu schweigen. Noch in Abwesenheit des Königs genas sie eines dritten Sohnes, den sie bei seiner Abreise im Schoße getragen. Der König freut sich bei seiner Heimkehr des neu-gebornen Kindes. Saben aber verleumdet die Königin, sie habe ihm die Treue gebrochen und der junge Sohn sei eines teuflischen Unholds Kind.

Der König hat einen treuen Mann, Herzog Berchtung von Meran; diesem befiehlt er, das Kind zu töten. Lange weigert sich der Treue, erst die schrecklichsten Drohungen bringen ihn zum Nachgeben. Er empfängt das Kind und reitet mit ihm in den Wald; aber wie das unschuldige Kind mit seinen Panzerringen lachend spielt, bringt er den Mord nicht übers Herz, und doch schämt er sich wieder, um eines Kindes willen so zage zu sein, da er doch in heißer Schlacht schon gar manchen Mann gefällt. So kommt er, schwankenden Sinnes weiterreitend, zu einem Gewässer, in dem Seerosen blühen. Hier legt er das Kind an den Rand und überläßt es seinem Geschicke; er meint, es werde nach Kinderart nach den Wasser-rosen haschen und so werde sich des Königs Wille erfüllen, ohne daß ihn Blutschuld belaste. Aber das Kind spielt auf der Wiese bis in die Nacht hinein. Da kommen Wölfe aus

dem Walde und schnobern es an; das Kind greift nach ihren
Augen, die in der Dunkelheit wie Lichter glänzen; aber keines
der Tiere thut ihm etwas zu leide. Darüber staunt Berch=
tung und beschließt, den Knaben zu retten; einem Wildhüter
giebt er es zur Erziehung und nennt es Wolfdietrich.

Die Königin, der das Kind, während sie schlief, weg=
genommen worden war, bricht beim Erwachen in lautes
Wehklagen über den Raub aus, der König schiebt, nach des
bösen Saben Rat, alle Schuld auf Berchtung. Berchtung
wird gefangen genommen und vor Gericht gestellt; niemand
wagt, für ihn einzutreten, da der König auf den Rat des
tückischen Saben allen seinen Mannen es verboten. Schon
soll das Urteil gesprochen werden, da tritt Berchtungs
Schwager, Baltram, in den Ring und verlangt ein Gottes=
urteil: wer Berchtung des Mordes zeihe, der solle mit dem
Angeklagten kämpfen. Saben weigert sich, und als ein
Schriftstück eröffnet wird, worin Berchtung den ihm gewor=
denen Auftrag und die Schicksale Wolfdietrichs berichtet, ist
seine Schuld offenbar. Saben soll gehängt werden, aber ein=
gedenk der früheren Freundschaft schenkt ihm auf seine
flehentlichen Bitten Berchtung das Leben; doch muß er als
Verbannter das Land verlassen. Wolfdietrich aber wird aus
dem Walde geholt und von Berchtung in Gemeinschaft mit
den eigenen Söhnen erzogen.

Als Hugdietrich zum Sterben kommt, empfiehlt er die
unmündigen Söhne und das Reich dem Schutze Berchtungs.
Dem vertriebenen Saben gelingt es, die Huld der Königin
zu erwerben, sie setzt ihn, wider Berchtungs Rat, in seine
Würden wieder ein; durch seine Ränke verdrängt er Berch=
tung, der sich grollend auf seine Burg zurückzieht, und nun
verhetzt Saben die zwei älteren Brüder gegen Wolfdietrich,

der nur ihr unechter Bruder sei. Auf Sabens Veranlassung erheben sie Anspruch auf das Erbe Wolfdietrichs und vertreiben ihre Mutter, die nun Berchtung um Hilfe fleht. Berchtung mit allen seinen sechzehn Söhnen und großem Heere zieht gegen die Brüder; in hartem Kampfe ringen die beiden Heere; sechs seiner Söhne verliert Berchtung, aber er will es seinen Herrn nicht merken lassen und lacht ihn an, so oft einer fällt. Alle seine Mannen verliert Wolfdietrich und muß fliehen, Berchtung und seine noch lebenden Söhne decken den Rückzug in den Wald. Jammervoll ist die Klage Wolfdietrichs um den Tod seiner sechs Jugendgespielen, doch der Alte, den eigenen Schmerz unterdrückend, um Wolfdietrich nicht noch mehr Schmerz zu bereiten, fährt ihn rauh an, die Klage komme ihm und seinem Weibe zu, nicht Wolfdietrich; jetzt sei nicht Zeit zu klagen, sondern zu fliehen. Die Burg Berchtungs wird nun von dem feindlichen Heere umschlossen; wie sich die Belagerung immer länger hinauszieht, will Wolfdietrich sich durchschleichen, um eines fremden Königs Hilfe zu suchen; Berchtung rät ihm, den mächtigen Lampartenfürsten Ortnit aufzusuchen. Da legt Wolfdietrich die alte Rüstung seines Vaters an und entkommt in stiller Nacht durch das feindliche Heer.

Sagenform b. (Sage von Hugdietrich.)

König Hugdietrich von Konstantinopel will schon in früher Jugend um eine Frau werben. Berchtung, Herzog von Meran, sein Erzieher, rühmt die schöne Hiltburg, Tochter des Königs Walgunt von Salneck (Salonichi); aber der Vater hält sie in einem Turme eingesperrt und will sie keinem Manne geben. Da greift Hugdietrich zu List: rosenfarb ist sein Antlitz, und sein gelbes Haar reicht ihm bis zu

ben Hüften; so verkleidet er sich denn als Mädchen, und in
dieser Verkleidung zieht er mit großem Geleite gen Salneck,
wo er sich für des Griechenkönigs Schwester ausgiebt, die
von ihrem Bruder vertrieben sei. Walgunt und seine Gemahlin nehmen die Fremde freundlich auf, und Hiltburg gewinnt solches Gefallen an der lieblichen Jungfrau, daß sie
sie zur Gespielin erbittet. Sie wird zu ihr in den Turm
verschlossen und lehrt sie kunstvoll an der Rahme wirken,
schönes Bildwerk, Hirsch und Hinde, was da lebt. Ueber
ein halbes Jahr dauert die Verstellung, dann holt Berchtung,
wie verabredet war, die angeblich verbannte Jungfrau wieder
ab, da des Bruders Zorn zergangen sei. Trauernd bleibt
Hiltburg zurück und genest nach kurzer Zeit eines schönen
Sohnes von Hugdietrich; doch verbirgt sie ihn vor den
Eltern, und als einmal die Mutter unerwartet in den Turm
kommt, läßt sie das Kind in das Gebüsch am Fuße des
Turmes herab, um es nach dem Fortgange der Mutter
wieder aufzuziehen. Doch ein Wolf hat es inzwischen geraubt
und seinen Jungen zur Speise in die Höhle getragen; die
aber sind noch blind und thun ihm kein Leid. Am nächsten
Tage kommt der Vater Hiltburgs auf der Jagd zu der Höhle
und findet das Kind, das er mit sich nimmt. Hugdietrich
aber kommt zum andernmale, nun nicht mehr verkleidet, küßt
sein Kind und spricht, indem er den Mantel fallen läßt, vor
aller Welt: „mein Sohn, Konstantinopel ist dein!" Da
wird ihm Hiltburg zur Frau gegeben und er führt sie heim.
Das Kind wird, weil es bei den Wölfen gefunden worden,
Wolfdietrich genannt.

Wolfdietrich wird mit zwei jüngern Brüdern vom Herzog
Berchtung erzogen. Auf dem Sterbebette verteilt Hugdietrich
das Reich an seine drei Söhne. Aber die zwei jüngeren

Brüder wollen Wolfdietrich als unehelichem Kinde seinen An=
teil nicht gönnen. Es kommt zur Schlacht zwischen den
Heeren der feindlichen Brüder. Wolfdietrich wird besiegt und
muß mit Berchtung und dessen zehn noch lebenden Söhnen
fliehen; sechs andere sind in der Schlacht gefallen. Während
der Nachtrast im Walde werden sie von einander durch Zauber
getrennt; Berchtung und seine Söhne, die Wolfdietrich lange
vergeblich suchen, gehen nach Konstantinopel zurück und bieten
den Brüdern ihre Dienste an, doch mit dem Vorbehalte, des
Treueides ledig zu sein, wenn Wolfdietrich wiederkehre; die
Könige aber sind hierüber erzürnt und nehmen sie gefangen;
je zwei zusammengeschmiedet, werden sie auf die Burgmauer
als Wache gesetzt. (Nach Uhland.)

2. Wolfdietrichs Landflucht und Heimkehr.

Den Kern der Sage bilden die Bemühungen Wolfdietrichs,
seine treuen Genossen und Mannen zu befreien und sein Reich
wiederzuerlangen, sowie seine endliche Heimkehr. Um die Zeit
seiner Landflucht hat sich eine üppig wuchernde jüngere Sagenbildung gerankt, die allerhand abenteuerliche Motive hereingebracht
hat, in deren Zahl, Anordnungen und Ausführung die verschiedenen Wolfdietrichepen stark von einander abweichen. Ebenso
wird das Verhältnis Wolfdietrichs zu Ortnit verschieden dargestellt; nach der einen Form, die sich der Fassung a seiner Jugendgeschichte anschließt, fällt der Tod Ortnits schon vor Wolfdietrichs
Ankunft in Garten; nach der anderen (im Anschluß an Fassung b)
kommt W. zu Lebzeiten Ortnits nach Garten. Die folgende
Sagendarstellung hebt nur die wichtigsten Momente der bunten
und wirren Abenteuerreihe hervor, ohne auf die Abweichungen
und das Verhältnis der einzelnen Epen zu einander einzugehen
und schließt sich unmittelbar an die Fassung a der Jugendgeschichte
an; die stärkste Abweichung der Fassung b folgt unter dem Text.

Nachdem Wolfdietrich durch das feindliche Heer ent=
kommen, schlägt er den Weg nach der Lombardei ein, aber
er gerät in die Wildnis und irrt fünf Tage ohne Nahrung
in pfadlosem Bergwalde umher; sein ermattetes Pferd Falke
vermag ihn nicht mehr zu tragen, da steigt er ab, löst ihm
den Sattel und trägt ihn selbst. Sein Roß am Zaume
führend, sucht er mühsam und erschöpft seinen Weg zwischen
Gerölle und umgestürzten Baumstämmen. Von der Höhe eines
Berges hört er aus der Tiefe einen tosenden Ruf, von dem

Während der nächtlichen Rast im Walde auf der Flucht wird Wolfdietrich von Berchtung und dessen Söhnen getrennt: während sie schlafen und
Wolfdietrich Wache hält, kommt ein zottiges Waldweib, und entführt ihn tief
in den wilden Wald; als er sich weigert, sie zu heiraten, schlägt sie ihn mit
Sinnesverwirrung, so daß er lange im Walde verzaubert umherirrt. Auf
Gottes Gebot muß sie doch wieder ihren Zauber lösen, und Wolfdietrich willigt
nun ein, ihr Gatte zu werden. Sie führt ihn nun in ihr Reich, dort verwandelt sie sich in eine schöne Jungfrau, und sagt, sie sei die Herscherin von
Troja und sei nun erlöst; ein böser Zauber habe sie solange in Unholdsgestalt
gebannt gehalten, bis sie einen jungen Helden heimgebracht hätte. Wolfdietrich
lebt nun in Freuden mit der schönen Sigeminne; so hieß sie wieder, vor ihrer
Verzauberung, während welcher sie die rauhe Else genannt war. Einmal aber
kommt ihm in den Sinn, den mächtigen Herrscher Ortnit aufzusuchen, der einst
von seinem Vater Zins gefordert; das will er rächen. Er zieht nach Garten,
besiegt Ortnit im Turnier, schließt aber dann innige Freundschaft mit ihm.
Nach einem halben Jahre kehrt er mit Sigeminne, die ihm nachgefolgt war, zurück. Bei einem Jagdausfluge verliert er Sigeminne im Walde und kann sie
nicht wieder finden; als Pilger verkleidet sucht er in allen Landen und findet
sie endlich in einem Berge, wohin sie ihr Entführer, der alte Bergunhold Drasian,
geschleppt, der sie zwingen will, sein Weib zu werden; Wolfdietrich tötet ihn
im Kampf, besiegt das Heer der ihm zu Hilfe eilenden Zwerge und kehrt mit
Sigeminne nach Troja zurück; schon nach einem halben Jahre stirbt sie, von
ihm tief betrauert. Wieder zieht Wolfdietrich aus und besteht eine Reihe von
Abenteuern, bis er an den Garbasee kommt. Da hört er, daß Ortnit von einem
Lindwurme den Tod erlitten und seine Witwe von Freiern bedrängt werde.
Er zieht in das Gebirge, tötet den Lindwurm und dessen Jungen, und befreit
die Witwe Ortnits von ihren Bedrängern; zum Lohne erhält er ihre Hand
und die Krone. —

Berg und Thal widerhallen, recht als ob der Teufel riefe
und die ganze Höllenbrut ihm antwortete. Mehr abstürzend
wie absteigend, gelangt er mit seinem Roß in die Tiefe, da
glänzt ihm das Meer entgegen, dessen Wogen sich donnernd
an einer steilen Steinwand brechen. Auf einem Blumenanger
am Strande schläft er ein, vor Hunger und Erschöpfung des
Todes gewärtig. Ein schuppiges, mit Seegras bewachsenes
Meerweib entsteigt den Fluten und erbarmt sich des Helden;
sie weckt ihn, wirft dann die Hülle ab und giebt sich ihm in
leuchtender Schönheit als Königin aller Wassergeister und
Meerwunder zu erkennen. Die Aufforderung, ihr Gemahl
zu werden und ihr Reich mit ihr zu teilen, weist Wolf=
dietrich ab, da sein ganzes Sinnen nur darauf gerichtet ist,
Ortnit aufzusuchen und von ihm Hilfe zur Befreiung seiner
belagerten Dienstmannen zu erbitten. Mit einer Zauber=
wurzel erquickt sie Wolfdietrich und sein Roß und weist ihm
den Weg nach Lamparten am Meeresstrande. Auf der Fahrt
wird er einmal von Räubern angefallen, die er aber in die
Flucht schlägt. Endlich kommt er zur Nachtzeit bei der
Burg am Gardasee an; er hört das Wasser rauschen und
vernimmt eine klagende Stimme von der Mauer. Ortnits
Witwe klagt in stiller Nachtzeit von der Mauer um ihres
Gatten Tod. Wolfdietrich spricht sie an, erfährt von ihr, daß
Ortnit von einem Drachen verschlungen worden sei, und daß
die übermütigen Vasallen sie nun hart bedrängen. Er tröstet
sie und verspricht ihr, Ortnit an dem Drachen zu rächen und
ihr zu helfen. Ohne Aufenthalt kehrt er um und zieht in
das Gebirge hinter Trient, wo der Drache haust. Er findet
den Drachen in der Wildnis und greift ihn an, allein sein
Schwert zerspringt in drei Stücke; der Drache erfaßt ihn und
entführt ihn zu seiner Höhle, wo er ihn den Jungen vor=

wirft; Wolfdietrich aber findet in der Höhle Ortnits Schwert und erschlägt damit die Drachenbrut. Noch hat er Fährlichkeiten mit den trotzigen Vasallen zu bestehen, doch wird er ihrer Herr; zum Lohne für seine Thaten reicht ihm die Königin, wie Ortnit ihr einst geheißen, als dem Rächer ihres Gatten und als ihrem Befreier die Hand.

¹) Jetzt, zur Krone gelangt, führt er ein großes Heer gen Konstantinopel. In der Nacht geht er selbzwölfte, in Pilgertracht, an den Graben, wo er die Berchtungssöhne ihr Leid klagen hört. Nach Wolfdietrichs Flucht mußten sie sich ergeben und wurden von den Brüdern hart behandelt und in Fesseln auf die Mauern von Konstantinopel als Wächter gesetzt. Herbrand, einer von Berchtungs Söhnen, erzählt einen Traum: ein Adler sei gekommen, die Könige zu verderben, und habe die Gefangenen von dannen geführt. Wolfdietrich bittet für sich und die andern um Brot und Wein, um der liebsten Seele willen, die jenen der Tod hingenommen. Um zwei Tote trauern die Wächter, ihren Vater Berchtung und ihren Herrn Wolfdietrich; jenes wollen sie vergessen; um dieses willen bieten sie ihren Harnisch an, ihre einzige Habe, damit er um Brot und Wein versetzt werde. Der Pilger fragt um Berchtungs Tod. Zu Pfingsten, erzählen jene, hielt der König einen Hof; reich Gewand trugen alle Fürsten, nur sie, die Herzogskinder, trugen graue Kleider und rinderne Schuhe. Da rief ihr Vater: „O weh, Wolfdietrich, lebtest du noch, du ließest uns nicht in solcher Armut." Darnach sprach er nichts mehr, er starb vor Herzeleid.

Mit großer Klage um seinen Meister giebt Wolfdietrich sich zu erkennen. Die Wächter knien auf der Mauer nieder und bitten Gott, wenn er wirklich ihr Herr sei, ihre Bande

¹) Von hier an nach Uhland.

zu lösen, zum Zeichen, daß sie ihm Treue gehalten. Da zerspringen ihre Ringe, sie eilen von der Mauer und öffnen das Thor. Die Stadt wird eingenommen, die Brüder unterliegen in großer Feldschlacht. Als darauf um Mitternacht Messe gelesen wird, bemerkt Wolfdietrich einen Sarg neben dem seines Vaters. Er hört, daß Berchtung hier bestattet sei. Da reißt er die Steine vom Sarg, umarmt und küßt den Toten, dessen Leichnam noch unversehrt ist. Wolfdietrich bestellt nun das Reich, führt seine Brüder gefangen nach Garten und begnadigt sie nur auf Fürbitte der Kaiserin. Berchtungs Söhne werden reich belehnt, und so wird ihr Treue nach schweren Leiden mit Glück gekrönt.

II. Herkunft und Entwicklung der Sage.

In der Ortnit=Wolfdietrichsage, wie sie in den mittelhochdeutschen Epen vorliegt, sind zwei Sagen verschiedenen Ursprungs miteinander verbunden: eine mythische, deren Held Ortnit ist, und eine historische, die Wolfdietrichsage. Beide haben ursprünglich nichts miteinander zu thun, und ihre späte Verbindung ist noch so lose, daß sie von der Sagenkritik unschwer zu sondern sind. Beide aber sind durch Zuthaten, Umwandlungen und Eindringen fremder Elemente so entstellt, daß ihre Urgestalt nur mehr unsicher erschlossen werden kann.

A. Die Wolfdietrichsage.

Die Wolfdietrichsage in ihrer (mutmaßlichen) älteren Form berichtet die Schicksale eines jungen Königs, der nach dem Tode des Vaters von seinen Brüdern wegen

angeblich unehelicher Geburt aus dem Reiche vertrieben wird;
seine treuen Mannen fallen oder werden gefangen, er selbst
muß in Landflucht ziehen; nach vielen Abenteuern kehrt er
mit einem Heere zurück, befreit seine Getreuen und erringt
sein Erbe.

Diese Sage ist wesentlich historisch und geht auf ge=
schichtliche Ereignisse und Personen zurück.   Der Name
Hugdietrich bedeutet, nach Ausweis einer alten Ueber=
lieferung, wonach „in alter Zeit alle Franken Hugonen ge=
nannt wurden (olim omnes Franci Hugones vocabantur)"
„der fränkische Dietrich", und Theodorich, der Sohn Chlod=
wigs, des ersten merowingischen Frankenkönigs, heißt in alter
Ueberlieferung¹) geradezu Hugo Theodoricus.   Dieser
Theodorich, König von Austrasien († 534), der Ueber=
winder des thüringischen Königs Irminfrid, und als solcher
auch bei den Sachsen sagenhaft geworden (s. S. 72), war
ein unehelicher Sohn Chlodwigs, und hatte nach dem
Tode seines Vaters Streitigkeiten mit seinen Brüdern über
die Teilung des Reiches. Auch sein Sohn Theodebert, der
ihm in der Herrschaft folgte, war ein uneheliches Kind und
hatte Schwierigkeiten, sich zu behaupten, da ihm seine Oheime
das Reich streitig machten; die Treue seiner Dienstmannen
aber erhielt ihm Thron und Reich. Wir erkennen darin die
Grundzüge der Wolfdietrichsage: die Streitigkeiten eines
jungen Königs mit seinen Brüdern (Verwandten), die Treue
der Dienstmannen, den Makel unehelicher Geburt; die Schick=
sale des Vaters und des Sohnes sind in der Sage auf eine
Person, Wolfdietrich, zusammengedrängt worden; nur der
Name Hugo Theodoricus, Hugdietrich, verblieb dem Vater;

---

¹) Chronicon Quedlinburgense; die betreffende Partie stammt aus
den 90er Jahren des 10. Jahrhunderts.

der Makel unehelicher Geburt, der im Merowingerhause so=
zusagen ganz gewöhnlich war, haftet, zu bloßem Vorwurfe
geschwächt, in der Sage an Wolfdietrich.

Von Theodorich wird auch berichtet, daß er von
den Franken in epischen Volksgesängen besungen
worden ist; es kann kein Zweifel sein, daß in diesen auch
die Anfänge der Wolfdietrichsage zu suchen sind. Im Laufe
der Sagenentwicklung verflüchtigten die historischen Elemente
immer mehr, die ethische Idee von der Treue der Mannen
gegen ihren König und von seiner gegen die Mannen gewann
immer größeren Einfluß auf die poetisch=epische Ausgestaltung
der Sage und wurde in der rührenden Figur des greisen
Berchtung konkret personifiziert. Im gegenüber steht der
falsche, ränkevolle Saben, der ungetreue Ratgeber, den
schon ein alter angelsächsischer Heldenkatalog in poetischer
Form (Widsið), dessen Bestandteile aus dem 6.—8. Jahrhundert stammen dürften, als Seafola neben Theodorich
nennt, ein wichtiges Zeugnis für das Alter der epischen
Sage; seine Stellung zu der Königinwitwe und den unmün=
digen Söhnen wiederspiegelt ganz die fränkische Einrichtung
des Majordomus. Diese beiden Figuren der Sage erinnern
in ihrem Gegensatze an Eckehart und Sibich in der Harlungen=
sage. Was von Hugdietrichs Brautfahrt berichtet wird, hat
mit der alten echten Sage nichts zu thun, das Motiv des
als Mädchen verkleideten Liebhabers ist in Mythen, Sagen
und Märchen verschiedener Völker weit verbreitet[1]) und wohl
erst ziemlich spät auf Hugdietrich übertragen.

Auf die weitere Ausbildung scheint die Dietrichsage in=
folge der Aehnlichkeit der Namen und Schicksale beider Helden
Einfluß genommen zu haben.

---

[1]) Vgl. in der altgriechischen Sage Achilles und Deidamia, in der nor-

Besonders starke Entstellungen erlitt die alte merowingische Sage im Zeitalter der Kreuz= zü ge; ähnlich wie im Gedichte vom König Rother (s. daselbst) wurde das Lokal nach Osten übertragen und eine Reihe von Abenteuern in die Flüchtlingszeit Wolfdietrichs verlegt, die ganz verschiedenartigen Ursprungs sind; von mehreren Zauber= geschichten und Abenteuern, die Wolfdietrich mit Heiden zu bestehen hat,[1]) läßt sich morgenländisch=byzantinischer Ursprung vermuten. Auch Gestalten der deutschen Märchen= und Mythen= welt wurden in die Sage verflochten, so die Wasserfrau, die Wolfdietrich erquickt. Aus einer ähnlichen Märchengestalt ist die Sigeminne=Episode ausgesponnen, die sich als ein der ursprünglichen Sage fremder Bestandteil schon durch die Stö= rung der Handlung verrät: wenn Wolfdietrich Reich und Macht erlangt hat, warum zieht er nicht aus, sein Erbe zu gewinnen und seinen treuen Mannen zu helfen, worauf doch, wie in den Gedichten öfter hervorgehoben wird, all sein Trachten und Sinnen geht?

Endlich hat die Wolfdietrichsage noch durch Anknüpfung an eine andere Sage neue Entstellungen erfahren: Wolf= dietrich wurde zum Rächer Ortnits gemacht, er besiegt den Lindwurm und heiratet Ortnits Witwe. Hier ist Wolfdietrich an die Stelle einer mythischen Figur getreten, welche der Ortnitsage angehört.

B. Die Ortnitsage.

Die Ortnitsage ist uns in der mittelhochdeutschen Form nur in Verbindung mit der Wolfdietrichsage überliefert. Ein Held erkämpft unter vielen Gefahren ein

---

bischen Mythologie Odin und Rinda (s. DM. unter Wodan, 3. Abschnitt= „Runenkunde") u. a. m.

[1]) In unserer Sagendarstellung mit Stillschweigen übergangen.

schönes Weib; er zieht dann aus, einen Drachen zu bekämpfen, aber erliegt dem Untier. In einem anderen Helden (Wolfdietrich) ersteht ihm ein Rächer, der den Drachen tötet und die trauernde Witwe heiratet.

Die Thidrekssaga hat uns bruchstückweise die Ortnitsage in älterer und reinerer Fassung erhalten: Ein König Hertnit, dessen Gemahlin ein walkürisches Wesen ist — sie schwebt in der Schlacht über ihm und schützt ihn — muß einen Drachen bekämpfen und erliegt im Kampfe. Ein Held[1]) besiegt den Drachen und heiratet die Witwe Hertnits. Obwohl die Sage reiner erhalten ist — das orientalische Kostüme der süddeutschen Sage fehlt noch —, so ist doch auch hier der rechte Zusammenhang verblaßt; die Thidrekssaga erwähnt Kämpfe Hertnits mit dem dämonischen Geschlechte der Isungen (Eismänner); andere nordische Zeugnisse lassen erkennen, daß Hertnit in diesen Kämpfen den Isungen seine walkürische Gattin abgewinnen muß.

Diese Kämpfe um die Braut sind in der süddeutschen Dichtung unter dem Einflusse der Spielmannsdichtung zu der Entführung einer heidnischen Prinzessin aus dem Morgenlande verwandelt worden; solche Entführungen heidnischer vornehmer Frauen kamen im Zeitalter der Kreuzzüge in Wirklichkeit oft vor und bilden ein beliebtes Thema der ritterlichen wie der Spielmannsdichtung[2]); unter dem Einflusse der letzteren wurde die germanische Sage in morgenländisches Gewand gekleidet, ebenso wie die Wolfdietrich= und die Rotherfage, und an zeitgenössische Ereignisse angelehnt: den

---

[1]) Die ThS nennt ihn in junger Sagenübertragung Thidrek von Bern.
[2]) Vgl. das mhd. ritterl. Epos „Graf Rudolf" aus dem Ende des 12. Jahrh. S. Samml. Göschen: Deutsche Litt.=Gesch. I, 8.

Namen Machorel erhielt der grausame Vater der Braut nach
dem Sultan Malek-al-Adel, und die Kämpfe um die Braut
wurden nach Montabûr, Mons Tabor, einer sarrazenischen
Beste verlegt, die im Jahre 1212 von ihm erbaut, 1217 von
Kreuzfahrern vergeblich belagert, und im Jahre 1218 nach
seinem Tode von seinen Söhnen geschleift wurde. Auch
andere fremde Elemente kamen in der oberdeutschen Dichtung
hinzu, so der Zwerg Alberich, der mit der alten Sage
nichts zu thun hat. Ebensowenig gehört Iljas von Reußen
zu dem ursprünglichen Sagenstoffe; er ist ein berühmter rus-
sischer Sagenheld, der auch in Niederdeutschland bekannt geworden ist und dort in die Ortnitsage verflochten wurde;
daß ihn auch die süddeutsche Ortnitdichtung kennt, ist ein
Beweis für die Wanderung der Sage vom Norden
Deutschlands nach dem Süden.

Die älteste Sagenform, die in der niederdeutschen
Sage deutlich erkennbar ist, geht also ganz auf mythischen
Grund zurück: Hertnit gewinnt einem winterlichen Dä-
monengeschlechte eine Walküre ab, fällt aber im Kampfe mit
einem Drachen; der zweite Teil der Sage ist uns nur in
Verschmelzung mit anderen Sagen erhalten,[1] süddeutsch mit
der Wolfdietrichsage, niederdeutsch mit der Dietrichsage, indem
in jener Wolfdietrich, in dieser Dietrich von Bern der Rächer
Hertnit-Ortnits wird und seine Witwe heiratet. Aus Andeutungen und Sagentrümmern skandinavischer Ueberlieferung
läßt sich eine ältere Gestalt der Sage erschließen, wonach der
Bruder des Gefallenen die Rächerrolle übernimmt. Dieses
mythische Brüderpaar heißt im nordischen 'Haddingjar', deutsch

[1] Es liegt also hier derselbe Vorgang vor wie in der Nibelungensage,
wo der zweite Teil des Siegfriedmythus nur in Verschmelzung mit der historischen Burgundersage vorliegt.

lautgerecht „Hartungen", vrgl. den Namen Hartnit
(Hertnit), woraus das mhd. Ortnit entstellt ist. Von
diesem Namen geleitet, hat Müllenhoff in scharfsinniger Weise
den Zusammenhang der Hartungensage mit einem oftgerma-
nischen Dioskurenmythus erschlossen. Schon Tacitus erwähnt von einem vandilischen Volke, daß es zwei göttliche,
jugendliche Brüder verehre, die er den römischen Dioskuren
Castor und Pollux gleichstellt. Wenn nun das vandalische
Königshaus und Volk bei griechischen Schriftstellern als
„Astingoi" bezeichnet wird, so ist das kein anderer Name
als „Hartungen" (got.-vandalisch müßte der Name lautgesetzlich
Hazdingôs lauten), und Königshaus oder Volk haben sich in
bekannter altgermanischer Weise nach ihren Stammgottheiten,
dem göttlichen Brüderpaar, benannt.

Aus der späten Verbindung der mythischen Hartungensage mit der historischen Merowingersage ging jene Sagengestalt hervor, die uns die Ortnit-Wolfdietrichepen bewahrt
haben.

König Rother.

Quellen: 1. Das mittelhochdeutsche Spielmannsepos von König Rother, gedichtet von einem rheinischen Spielmann in Bayern um die Mitte des 12. Jahrhunderts. Ausgaben: von Rückert (mit sprachlichen Erläuterungen unter dem Texte) Leipzig 1872, von Bahder, Halle 1884.

2. Ein Abschnitt der Thidrekssaga.

I. Darstellung der Sage.

(Sagenform des mhd. Spielmannsepos.)

Am Westmeere sitzt König Rother in der Stadt zu Bare (Bari in Apulien). Er sendet Boten, die um die Tochter des Königs Constantin zu Constantinopel für ihn werben sollen. Als sie hinschiffen wollen, heißt er seine Harfe bringen. Drei Leiche (Spielweisen) schlägt er an; wo sie diese in der Not vernehmen, sollen sie seiner Hilfe sicher sein. Jahr und Tag ist um, die Boten sind nicht zurück. Constantin, jede Werbung verschmähend, hat sie in einen Kerker geworfen, wo sie nicht Sonne noch Mond sehen. Frost, Nässe und Hunger leiden sie; mit dem Wasser, das unter ihnen schwebt, laben sie sich. Auf einem Steine sitzt Rother drei Tage und drei Nächte, ohne mit jemand zu sprechen, traurigen Herzens seiner Boten gedenkend.

Auf den Rat Berchters von Meran, Vaters von sieben der Boten, beschließt er Heerfahrt, sie zu retten oder zu rächen. Das Heer sammelt sich; da sieht man auch den König Asprian, den kein Roß trägt, mit zwölf riesenhaften Mannen daherschreiten; der grimmigste unter ihnen, Widolt mit der Stange, wird wie ein Löwe an der Kette geführt und nur zum Kampfe losgelassen. Bei den Griechen angekommen, läßt Rother sich Dietrich nennen. Er läßt sich vor Con= stantin auf die Knie nieder; vom übermächtigen König Rother geächtet, such' er Schutz und biete dafür seinen Dienst an. Constantin fürchtet sich, die Bitte zu versagen. Durch Pracht und Uebermut erregen die Schützlinge Staunen und Furcht. Den zahmen Löwen, der von des Königs Tischen das Brot wegnimmt, wirft Asprian an des Saales Wand, daß er in Stücke fährt. Wie leid es dem König ist, er rührt sich nicht. Rother verschafft sich, nach Berchters Rat, durch reiche Spen= den großen Anhang.

Da klagt die Königin, daß ihre Tochter dem versagt worden, der solche Männer vertrieben. Die Tochter selbst möchte den Mann sehen, von dem so viel gesprochen wird. Am Pfingsttage, wo sie mit ihren Jungfrau'n zu Hofe kommt, gelingt ihr dieses nicht vor dem Gedräng der Gaffer um die glänzenden Fremdlinge. Als es still in der Kammer, geht ihre Dienerin Herlind, ihn zu ihr zu bescheiden. Er stellt sich scheu, läßt aber seine Goldschmiede eilend zwei silberne Schuhe gießen und zwei von Golde. Von jedem Paar einen, beide für denselben Fuß, schickt er der Königstochter. Bald kehrt Herlind zurück, den rechten Schuh zu holen und den Helden nochmals zu laden. Jetzt geht er hin mit zwei Rittern, setzt sich der Jungfrau zu Füßen und zieht ihr die Goldschuhe an. Während dessen fragt er sie, welcher von

ihren vielen Freiern ihr am besten gefalle. Sie will immer
Jungfrau bleiben, wenn ihr nicht Rother werden. Da spricht
er: „Deine Füße stehen in Rothers Schoß". Erschrocken
zieht sie den Fuß zurück, den sie in eines Königs Schoß ge=
setzt. Gleichwohl zweifelt sie noch. Sie zu überzeugen, beruft
er sich auf die gefangenen Boten.

Darauf erbittet sie von ihrem Vater, als zum Heil ihrer
Seele, die Gefangenen baden und kleiden zu dürfen. Des
Lichtes ungewohnt, zerschunden und zerschwollen, entsteigen
sie dem Kerker. Der graue Berchter sieht, wie seine schönen
Kinder zugerichtet sind; doch wagt er nicht, zu weinen. Als
sie darauf an sichrem Orte, wohl gekleidet, am Tische sitzen,
ihres Leides ein Teil vergessend, schleicht Rother mit der
Harfe hinter den Umhang. Ein Leich erklingt. Welcher trinken
wollte, der gießt es auf den Tisch; welcher Brot schnitt,
dem entfällt das Messer. Vor Freuden sinnlos, sitzen sie
und horchen, woher das Spiel komme. Laut erklingt der
andere Leich; da springen ihrer zwei über den Tisch, grüßen
und küssen den mächtigen Harfner. Die Jungfrau sieht, daß
es König Rother ist.

Fortan werden die Gefangenen besser gepflegt; sie wer=
den ledig gelassen, als der falsche Dietrich sie verlangt, um
Ymelot von Babilon zu bekämpfen, der mit großem Heere
gegen Constantinopel heranzieht. Nach gewonnener Schlacht
wird Dietrich mit den Seinigen zur Stadt vorangesandt, um
den Frauen den Sieg zu verkündigen. Er meldet aber, Con=
stantin sei geschlagen und Ymelot komme, die Stadt zu zer=
stören. Die Frauen bitten ihn, sie zu retten, und er führt
sie zu seinen Schiffen. Als die Königstochter das Schiff
bestiegen, stößt er ab; Rother entdeckt sich, und fährt, begleitet
von den Segenswünschen der Königin, die ihren Lieblings=

wunsch erfüllt sieht, nun ihre Tochter des gewaltigsten Königs Frau geworden, in die Heimat.

[Uhland.]

II. Herkunft der Sage.

Die Sage vom König Rother geht in letzter Linie auf eine langobardische Sage zurück, wie ein langobardischer König in Verkleidung seine Braut aufsucht. Paulus Diaconus, der langobardische Geschichtsschreiber, berichtet von König Authari († 590), daß er die ihm bestimmte Braut, Theudelinde von Bayern, habe sehen wollen; als angeblicher Bote Autharis naht er ihr; wie sie ihm den Becher reicht, rührt er ihre Hand. Hocherrötend klagt die Prinzessin ihrer Amme die Verwegenheit des Fremden; diese aber tröstet sie, kein anderer könne es gewesen sein, als Authari selbst. Authari aber ist inzwischen, von bayrischen Edlen geleitet, zurückgeritten; an der Grenze angelangt, hebt er sich hoch im Sattel, schleudert seine Streitaxt in einen mächtigen Baum, so daß sie tief hineinfährt, und ruft aus: „So wirft Authari, der Langobardenfürst!"

Diese reizende, sagenhaft gefärbte Geschichte muß noch bei den Langobarden auf den als Gesetzgeber berühmten langobardischen König Rothari (regierte von 636—650) übertragen worden sein; an seinen Namen geheftet, bringt die Sage nach Deutschland, wo sie uns in zwei Fassungen, einer hochdeutschen und einer niederdeutschen, jener vertreten durch das Spielmannsepos, dieser durch den Bericht der Thidrekssaga, erhalten ist.

Bericht der Thidrekssaga.

Die Thidrekssaga berichtet: König Osantrix von Wilzen=
land wirbt um Oda, die schöne Tochter des Hunnenkönigs
Milias; aber der grausame König läßt seine Boten in den
Kerker werfen. Da zieht Osantrix mit seinen Mannen und
den Riesen Aspilian, Aventrod, Abgeir und Widolf „mit der
Stange", der den Beinamen von seiner Stahlstange trägt,
die er als Waffe führt, und wegen seiner Wildheit an einer
Eisenkette geführt werden muß, zu Milias; Thidrekr (Dietrich)
nennt er sich, und sagt, er sei von Osantrix vertrieben wor=
den; nun bitte er um Schutz und Aufnahme. Milias aber
fürchtet die Heeresmacht des Fremden und weigert sich, obwohl
Thidrekr fußfällig fleht. Darüber erzürnen die Riesen, Widolf
bricht seine Bande, und sie erschlagen alles, was ihnen in den
Weg kommt; König Milias flieht, die gefangenen Boten
Osantrix' werden befreit. Thidrekr verspricht Oda, sie seinem
Herrn Osantrix als Gattin zuzuführen, um dadurch Ver=
söhnung zu erlangen. Er zieht ihr einen silbernen, dann
einen goldenen Schuh an; sie wünscht, ihren Fuß hiebei
streichelnd: „Wollte Gott, daß ich den Tag erlebe, da ich
meinen Fuß so auf König Osantrix' Hochsitz streicheln möchte!"
Da antwortet der König lächelnd: „Heute ist der Tag!" Da
erkennt sie, daß es Osantrix selbst ist. Die Hochzeit wird
gefeiert, und König Milias versöhnt sich mit Osantrix.

III. Fortentwicklung der Sage.

Abgesehen von der Namenänderung bietet die nieder=
deutsche Sagenform eine echtere und reinere Ueberlieferung
als die oberdeutsche. In dieser ist unter dem Einflusse der

Spielmannsdichtung das abenteuerliche orientalische Kostüme hereingekommen, das seit den Zeiten der Kreuzzüge in der Spielmannsdichtung beliebt ist. Sogar direkte historische Beziehungen fanden in die Sage Eingang: der schwankende Charakter und die Rolle Constantins hat die Physiognomie des byzantinischen Kaisers Alexius (1081—1118) bekommen, und die Kraftprobe, die Asprian mit dem Löwen vornimmt, hat ihr Vorbild in einer historischen Thatsache; ein am Kreuz= zuge von 1101 beteiligter Ritter erschlug einen zahmen Löwen am Hofe des Alexius. Da dieser Kreuzzug von dem Bayern= herzog Welf unternommen worden war, und das Gedicht von König Rother in Bayern entstand, sind diese historischen Re= miniscenzen ganz begreiflich.

Doch nicht nur das Lokal und Kostüme der Sage hat sich unter den Händen der Spielleute verändert, die Sage selbst hat Erweiterungen erfahren; zu diesen gehört vor allen die Fortspinnung der Erzählung durch eine echte Spielmanns= erfindung: ein verschlagener Spielmann entführt im Auftrage Constantins die Gemahlin Rothers wieder, die Rother erst nach vielen Gefahren und mit großer List wiedergewinnt.

Wertvoller als diese wüste und abenteuerliche Erweiterung aber ist die Bereicherung der oberdeutschen Sage durch die Uebernahme einer Figur der Wolfdietrichsage, des Berchtung von Meran, den wir als „Berchter von Meran" im „Rother" wiederfinden, während er der niederdeutschen Sage noch fremd ist. In der Wolfdietrichsage gehört er zu den ursprünglichen Bestandteilen der Sage (s. S. 142), da er seinem Herrn während dessen Abwesenheit das Land wahrt; im „Rother" ist sein Vorkommen ohne jeden Einfluß auf den Gang der Er= eignisse. Aber die Sage hat die entlehnte Figur schön und sinnvoll einzufügen gewußt, indem sie Berchter zum Vater

der unglücklichen Boten Rothers macht und kräftig die Idee
der Treue in dem Verhältnis Berchters und seiner Söhne zu
Rother hervortreten läßt. „Der greise Herzog Berchter ist
der Typus des königstreuen Vasallen, wie Rother der Typus
des vasallentreuen Königs" (Vogt). Das schöne persönliche
Verhältnis des germanischen Altertums zwischen Fürst und
Mannen hat in der Rothersage einen echt nationalen Ausdruck gewonnen, Treue um Treue ist der ergreifende Grundton, in den die Sage ausklingt.

Die Wielandsage.

Hauptquellen.

1. Das angelsächsische Gedicht „Deôrs Klage" aus dem 8. ob. 9. Jahrh.: Der Sänger Deôr tröstet sich in seinem eigenen Leide mit der Erinnerung an die Leiden anderer Helden, unter denen er auch Wêland nennt, dessen Geschichte er kurz andeutet.

2. Die altnorwegische Völundarkvidha, eines der ältesten Eddalieder (Ende des 9. Jahrh.).

3. Ein Abschnitt der Thidreks-Saga (s. über diese Seite 41).

I. Verbreitung der Sage.

Weit verbreitet in allen germanischen Landen, sogar im romanisierten Frankreich, war der Ruhm des kunstvollsten aller Schmiede, Wielands; kein besser Lob wissen die mittelalterlichen Sänger, sie mögen nun in Alemannien (Waltharius) oder in England, auf Island oder in Frankreich singen und sagen, einer Waffe (oder überhaupt einem Kunstwerk) zu spenden, als indem sie dieselbe ein Werk Wielands nennen. Schon in dem ältesten uns erhaltenen germanischen Heldenliebe, dem Beôwulf, rühmt sich Beôwulf einer von Wieland geschmiedeten Brünne, und noch in einer eng=

lischen Romanze aus der Zeit des sinkenden Mittelalters schwingt Childe Horn ein Schwert, das Weland geschmiedet. Ja noch im 18. Jahrhundert erzählte sich das Volk in Berkshire von einem Wayland smith, der einen Stein bewohne, und Sachen, die man zu seiner Behausung niederlege, wieder herrichte und schmiede, wenn man den Lohn danebenlege; er zeige sich niemandem, komme man aber zurück, so sei das Geld verschwunden und die Arbeit liege fertig. Der Ort, an den sich diese Sage knüpft, heißt noch heute im Volksmunde Wayland-smith (entstellt aus smithy Schmiede¹).

II. Bericht der Völundarkvidha.

Von diesem vielberühmten Wieland erzählt die Völundarkvidha: Einmal flogen drei Jungfrauen von Süden aus durch den Schwarzwald,²) in der Schlacht die Toten zu wählen.³) Als sie aber müd waren, setzten sie sich zur Ruhe an eines Sees Strand und spannen köstlichen Flachs. Da überraschten sie drei Brüder, nahmen ihnen die abgestreiften Schwanenhemden⁴) weg und führten die drei Jungfrauen als ihre Weiber heim.

Sieben Winter⁵) lang lebten sie beisammen, doch als der achte kam, da hatten die Frauen ein heimliches Sehnen und Trachten, und im neunten da brachen die Bande: sie

---

¹) Bekanntlich hat Walter Scott diese Sage in seinem Romane Kenilworth verwertet.

²) D. h. durch dunkle Forste, nicht etwa durch das schwäbische Gebirge.

³) D. h. sie waren Walküren.

⁴) Ueber den Zusammenhang von Walküren mit Schwanenjungfrauen vgl. Samml. Göschen, DM⁴, unter „Walhall und Walkyrien."

⁵) Die Germanen zählen bekanntlich nach Wintern.

wollten hinaus in den Schwarzwald zum Schlacht=Gewebe und flogen fort. — Da kamen von der Jagd die wegmüden Schützen und fanden ihre Häuser öd und verlassen; sie gingen ein, sie gingen aus, sie schauten sich um, aber fort waren ihre Frauen. Da zog Egil des Weges nach Osten, Slagfidr gen Süden, ihre Frauen zu suchen, aber Wieland (Völundr) blieb allein zurück in den Wolfsthalen, saß und arbeitete kunst= reiches Geschmeide, Edelsteine faßte er in rotes Gold und zog alle Ringe auf Bastschnüre: so wartete er auf seine schöne Frau, ob sie vielleicht wiederkäme.

Als aber Nidhod [*Niþoþr*, der neidische Hasser], der Niarenfürst, hörte, daß Wieland einsam in den Wolfsthalen saß, da fuhren seine Männer in der Nacht gegen ihn aus; wohlbeschlagen waren ihre Panzer, ihre Schilde blinkten im Scheine der Mondsichel. Sie schwangen sich vom Sattel, sie stiegen hinauf in den Saal, sie sahen da Ringe auf Schnüre gezogen: siebenhundert warens in allem, soviel hatte Wieland geschmiedet. Sie zogen sie ab, sie schnürten sie wieder ein bis auf einen einzigen, den nahmen sie mit zum Wahrzeichen.

Da kam Wieland heim von der Jagd, gar wegemüd, denn weit war er umhergezogen. Zum Feuer ging er, einer Bärin Fleisch zu braten: hoch loderte vor ihm das Reisig einer windbürren Tanne. Er setzte sich, der Elfenfürst, auf die Bärenhaut nieder zur Glut, nahm seine Ringe und zählte sie: einer war fort! Da sprach er im Herzen: „wäre die junge Gattin wieder gekommen und hätte ihn abgezogen?" So saß er lange, nachsinnend, bis er einschlief.

Als er erwachte, war er freudlos: schwere Bande fühlte er an seinen Händen, in Fesseln seine Füße gespannt. „Wer, rief er, hat einem Königssohne Fesseln angelegt und ihn

schimpflich gebunden?" Nidhod, der Niarenfürst, antwortete:
„Wie gewannst du denn, Elfenkönig, meine Schätze in den
Wolfsthalen?" König Nidhod achtete nicht der Versicherung
Wielands, die Schätze seien sein Eigentum, sondern gab
seiner Tochter Bathilde (Bǫþvildr) den Goldring, den er
von der Bastschnur abgezogen, er selbst aber trug Wielands
Schwert; die Königin aber sprach: „Tückisch sieht er aus,
der Waldbewohner, die Zähne wässern ihm, sieht er das
geraubte Schwert, erkennt er den Ring an Bathilde; gierig
und scharf glänzen ihm die Augen, dem schimmernden Lind=
wurm! Zerschneidet ihm seine starken Sehnen und setzt ihn
nach Seestatt." Da thaten sie nach ihrem Rat und zer=
schnitten ihm die Sehnen in den Kniekehlen und setzten ihn
in einen Holm, der da am Lande war und Seestatt hieß.
Nun schmiedete er dem Könige Kleinode mancherlei Art, und
niemand durfte zu ihm gehen, als dieser allein.

　　Sprach Wieland: „Jetzt schimmert dem Nidhod das
Schwert am Gürtel, das ich so kunstreich schärfte und so
wunderbar härtete, fern ist mir der glänzende Stahl, nimmer=
mehr wird er in meine Schmiede gebracht. Bathilde trägt
auch meiner Frau goldenen Ring, nimmer wird mir das
gebüßt!"

　　Kein Schlaf befiel ihn, er schlug mit dem Hammer und
sann auf Rache. Wie bald that er dem Nidhod großes Leid
an! Die zwei jungen Knaben Nidhods liefen nach Seestatt
zu seiner Thüre, ihm zuzusehen, wie er schmiedete. Sie
gingen zu seiner Kiste und verlangten die Schlüssel dazu:
aufgethan war die verderbliche, als sie hineinschauten! Da
lagen Halsbänder in Menge, die schienen den Knaben rotes
Gold und Kleinode. „Kommt morgen wieder, ihr beiden",
sprach Wieland, „aber kommt ganz allein, dann schenk ich

euch alles Gold, das ihr da sehet. Sagt's aber den Mägden nicht, auch nicht den Hausleuten, sagt's ja keinem Menschen, daß ihr bei mir wart."

Frühmorgens schon rief der eine Knabe den andern: „Komm, laß uns die Goldringe sehen!" Sie liefen hin, sie gingen zur Kiste, sie verlangten die Schlüssel: aufgethan war die verderbliche, als sie hineinschauten: — ab schlug er mit dem fallenden Deckel die Häupter der Kinder.[1]) Und in die schmutzige Grube unter dem Blasebalg warf er ihre Füße, aber von ihren Schädeln zog er ab die Haare, umschmiedete sie mit Silber und schickte sie als Becher[2]) dem Nidhod; und aus den Augen machte er köstliche Wundersteine, schickte sie Nidhods bösem Weibe; und aus den Zähnen machte er Brustringe, schickte sie der Bathilde.

Bathilde schmückte sich mit dem Ring, bis er zerbrach, da trug sie ihn zu Wieland: „Niemandem darf ich's sagen, als dir allein." Er antwortete: „Sorge nicht, ich heile den Schaden am Gold so gut, daß es deinem Vater schöner deucht, und deiner Mutter viel besser, und dir selbst nicht geringer."

Er war listiger, er überwältigte sie mit einem Trank, daß sie einschlief im Sessel. — „Nun hab ich gerächt all mein Leid, sprach er, und allen Trug, nur einen noch nicht! Wohl mir nun, stände ich wieder auf meinen Sehnen, die mir Nidhods Knechte zerschnitten!" Lachend hob er sich da auf in die Luft,[3]) weinend ging Bathilde vom Eiland.

---

[1]) So tötet auch im Märchen vom Machandelbaum (Brüder Grimm, Kinder- und Hausmärchen, Nr. 47) die Stiefmutter den Knaben.

[2]) Trinkschalen aus Menschenschädeln sind öfter bezeugt, vgl. den Becher Alboins; in der Edda reicht Gudrun dem Atli den Trank in den Schädeln seiner Kinder u. s. w.

[3]) Nach der Thidrekssaga, indem er sich ein Federkleid verfertigte; wahr-

Außen stand Nidhods böses Weib, ging den Saal ent=
lang und setzte sich an der Saalwand nieder: „Wachst du“,
sprach sie, „Nidhod, Niaren-Fürst?“   „Ich wache immer,
freudenlos, des Schlummers beraubt, an meine toten Söhn=
lein muß ich denken; mein Haupt friert, grausig sind mir
deine Ratschläge; könnt' ich nun mit Wieland reden!“

Da rief er zu ihm hinauf: „Sag mir, du Elfenkönig,
was ist aus meinen frischen Knaben geworden?“ — „Erst
sollst du mir alle Eide schwören: bei Schiffes Bord, bei
Schildes Rand, bei Roßes Bug und Schwertes Spitze, daß
du nicht tötest mein Weib und hätte ich eins, das ihr wohl
kennt, und hätte ich ein Kind mitten in eurem Haus. —
Geh hin zur Schmiede, die du mir bauen ließest, da findest
du der Knaben Bälge blutbespritzt; das Haupt schlug ich
ihnen ab, und legte ihre Füße unter den Blasebalg, und von
den Schädeln zog ich die Haare und umschmiedete sie außen
mit Silber, die sendete ich dir, Nidhod, zu Bechern geformt;
und aus den Augen machte ich köstliche Wundersteine, die
sendete ich deinem bösen Weibe; und aus den Zähnen machte
ich Brustringe, die sendete ich der Bathilde — die geht jetzt
und trägt ein Kindlein von mir, eure einzige Tochter!“
Nidhod sprach: „Nie sagtest du ein Wort, das mich schwerer
drückte, hart genug wollte ich dich, Wieland, strafen; aber
kein Reiter reicht so hoch, daß er dich herabreiße, so geschickt
ist kein Schütz, daß er dich herabschieße, da wo du zu den
Wolken schwebst!“

Lachend hob Wieland sich auf in die Luft, traurig saß
Nidhod unten auf der Erde.[1])

---

scheinlicher mit Hilfe des Ringes, der ein Schwanring war, d. h. Flugkraft
(und Verwandlung in Schwanengestalt) verlieh.

[1]) Nach der Uebersetzung der Brüder Grimm.

III. Sichtung der Sage.

Der Vergleich mit anderen Sagenquellen und Zeugnissen lehrt, daß in diesem Eddaliede zwei Erzählungen von Wieland verbunden sind: Der Raub der Schwanenjungfrau, ein bekanntes, weitverbreitetes Sagenmotiv,[1] das noch heute in Volksmärchen fortlebt; und das düstere Drama von Wielands Gefangenschaft und Rache; letzterer Teil enthält den eigentlichen Heroenmythus von Wieland.

Wie zahlreiche Uebereinstimmungen mit der griechischen und indischen Mythologie lehren, haben wir in der Wielandsage die Heroisierung einer Elementarmythe zu sehen, die den meisten arischen Völkern bekannt war, und dürfen in Wieland die Heroisierung einer elementaren Feuergottheit vermuten, worauf auch seine halb göttliche, halb tückische Natur hinweist. Noch im Eddaliede leuchtet seine mythische Natur durch, wenn er „Elbenfürst" genannt wird.

In der episch ausgebildeten Form ist die Wielandsage germanisches Eigentum und hat ihre Heimat in Niedersachsen, wo noch heute zahlreiche Schmiedesagen im Volksmunde leben, die einzelne Züge der Wielandsage bewahrt haben, u. a. auch dieselbe Sage, die in Berkshire von Wayland smith ging. Von hier aus verbreitete, sich die Sage nach Oberdeutschland, Skandinavien (von wo sie wahrscheinlich mit den Normannen in Frankreich eindrang) und England; wenn noch späte Aufzeichnungen der Sage in Britannien und Norwegen Wieland in Siegen und Balve lokalisieren, so ist das ein deut-

[1] Vgl. die Wasserfrauen im Nibelungenlied, denen Hagen die Gewänder nimmt.

licher Hinweis auf die ursprüngliche westfälische Heimat der
Sage. —

Die cyklische Sagenverbindung macht Wieland
zu einem Sohne Wates, und den berühmten Helden Wittich
zu dem Sohne Wielands. Von dem Bruder Wielands,
Egil, weiß die Thidrekssaga eine Apfelschußgeschichte zu
berichten, die genau der Tellsage entspricht; da diese
Sage bei zahlreichen indogermanischen Stämmen wiederkehrt,
darf in ihr ein Naturmythus vermutet werden, den Rochholz
auf den Kampf des Frühlings mit dem Winter deutet. —

Die Sage von Wieland ist eine der wenigen, die bereits
im germanischen Altertum bildliche Darstellung gefunden haben:[1]) ein angelsächsisches Kästchen aus Walroß-
bein mit Runeninschriften, das in das achte Jahrhundert
gesetzt wird, stellt auf der einen Seite in einer Schnitzerei
„Wieland dar, den Beadohilde (in Begleitung einer Dienerin)
besucht, unten liegt der Leichnam des erschlagenen Bruders,
daneben fängt Wielands Bruder, Egil, Vögel, damit der
kunstreiche Schmied daraus ein Federhemd zur Flucht bereiten
könne." (S. Abbildung.)

---

[1]) Vgl. über Siegfriedbilder S. 76.

Wielandscene auf dem angelsächsischen Runenkästchen
(Franks Casket).

Nach Originalphotographie. Vergl. Seite 162.

Die Hilde= und Gudrunsage.

Hauptquellen.

a) **nordische:** Einige Strophen aus einem Gedichte des norwegischen Skalden Bragi aus den ersten Jahrzehnten des 9. Jahrhunderts; eine Stelle in **Snorre Sturlusons** (1178 bis 1241) Edda (= die s. g. prosaische Edda), wozu verschiedene andere nordische Zeugnisse treten.

b) **deutsche:** Eine Stelle aus des Pfaffen **Lamprecht Alexanderlied** (gegen 1130 verfaßt). — **Das große Volksepos Kûdrûn,** um 1210 in Oesterreich oder Bayern gedichtet, doch nur in stark überarbeiteter Form erhalten. Ueber Ausgaben ꝛc. s. Samml. Göschen Nr. 10 b: Kudrun und Dietrichepen in Auswahl, 3 Aufl.

I. Allgemeine Würdigung der Sage.

Weit von dem binnenländischen Schauplatze unserer Heldensagen, den Rheingauen und Donaulanden, der Alpen= wildnis Tirols und den oberitalischen Scen und Gefilden führt uns die Hilde=Gudrunsage: das germanische Nordmeer bildet ihren landschaftlichen, wie die Wikingzüge der meeran= wohnenden germanischen Stämme ihren geschichtlichen Hinter= grund. Wir treten mit dieser Sage heraus aus den Ueber= lieferungen der gotischen und hochdeutschen Stämme und dem

Sagenkreise der Völkerwanderung; Friesen, Niederfranken, Dänen, Normannen, bei denen die wildbewegte Periode der Raubfahrten und Seezüge des 8.—10. Jahrhunderts (die Wikingerperiode) dieselbe sagenbildende Rolle spielt, wie bei den binnenländischen Germanen die Völkerwanderung, haben die Sage gebildet bezw. gepflegt und fortgebildet, die im elften Jahrhundert rheinaufwärts wanderte und in dem bayrisch-österreichischen Epos Kûdrûn ihre vollkommenste dichterische Ausprägung erhalten hat. Wie der historische Hintergrund der Hilde-Gudrunsage um Jahrhunderte jünger ist als jener der Nibelungensage, so steht auch ihre letzte Ausbildung — und nur diese; die früheren Stadien zeigen noch den tragischen Grundton fast aller germanischen Heldensagen — unter dem Einflusse eines milderen Zeitalters. Gudrun wie Kriemhild bethätigen beide die höchste Treue weiblicher Liebe; aber während durch das Verhängnis einer rauhen, unbarmherzigen Zeit die höchste Bethätigung der Tugend Kriemhilden durch Blut und Frevel zum tragischen, schuldvoll-unschuldigen Untergang führt, darf sie sich in Gudrun zum höchsten ethischen Ideale reiner Weiblichkeit läutern und zum Glücke leiten.

II. Darstellung der Sage.

A. Deutsche Sagenform.

Die Sage, wie sie uns im Epos Kûdrûn vorliegt, zerfällt in eine Vorgeschichte und zwei Hauptteile, die man nach den Heldinnen Hilde und Gudrun benennen kann.

Die Vorgeschichte erzählt, wie Hagen, der Sohn des Königs Sigebant von Irland und seiner Gemahlin Ute, als Knabe von einem Greifen auf eine wilde Insel entführt, dort von drei Königstöchtern, die der Greif früher ebenfalls geraubt hatte, geborgen und auferzogen wird, und endlich auf einem Schiffe, das zufällig an der Insel vorbeifuhr, mit den drei Jungfrauen wieder heim kommt; der Vater überläßt ihm die Krone, und Hilde, die schönste der drei Jungfrauen, wird seine Gemahlin. —

1. Hilde. Hetel, König zu Hegelingen,[1] will sich vermählen. Man rühmt ihm die schöne Tochter des Königs von Irland, Hilde; aber ihr Vater, der wilde Hagen, duldet keine Werbung um sie und läßt die Boten hängen, die nach ihr gesandt werden. Fünf Helden, dem König Hetel verwandt und lehenspflichtig, Wate von Stormien,[2] Horand und Frute von Dänemark,[3] Morung von Nifland[4] und Jrolt von Ortland[5] bereiten sich, ihrem Herrn die Braut zu gewinnen. Das Hauptschiff wird herrlich ausgerüstet und Frute führt einen Kram von kostbaren Waren aller Art mit; im Schiffsraum ist eine Schar gewappneter Recken verborgen.

In Irland angelandet, sagen sie aus, der gewaltige König Hetel habe sie von ihren Landen vertrieben; reiche Geschenke darbringend, erbitten sie des Königs Schutz. Er nimmt sie willig auf und räumt ihnen Häuser in der Stadt ein. Frute schlägt seinen Kram auf; nie ward so wohlfeil verkauft, und

---

[1] Epischer Volks- und Landname; die Hegelingen, entstellt aus Hetelingen, sind die Mannen Hetels; nach der Vorstellung des Dichters ist wohl Dänemark und Friesland gemeint.

[2] Das Land der Sturmut bei Verden; über Wate s. S. 175.

[3] Horand s. w. u.: Frute ist in der mhd. Dichtung oft als Typus der Freigebigkeit (Fruote der milde) genannt, und ist in der dänischen Sage ein gewaltiger Friedensfürst, Fródi, unter dem das Land blüht; sächsische Spielleute brachten Kunde von ihm aus Dänemark nach Teutschland.

[4] == Livland.

[5] Der Name wird auch Nortland und Hortland geschrieben; man sucht eine holsteinische Landschaft, auch Jütland oder einen norwegischen Gau dahinter.

wer ohne Kauf etwas begehrt, dem wird es gerne gegeben. Die junge Hilde wünscht die Gäste zu sehen, von deren Freigebigkeit sie so vieles hört; sie werden zu Hofe geladen, und ihre Geberde, ihr glänzender Anzug erregen Verwunderung.

Horand ist ein Meister des Gesanges, abends und morgens singt er vor dem Hause so herrlich, daß die Frauen und König Hagen selbst an die Zinne treten. Die Vögel in den Büschen vergessen ihrer Töne, die Tiere des Waldes lassen ihre Weide stehen, das Gewürm im Grase kreucht nicht weiter, die Fische im Wasser schwimmen nicht fürder, die Glocken klingen nicht mehr so wohl wie sonst; niemand bleibt seiner Sinne mächtig, den Trauernden schwindet ihr Leid, Kranke müssen genesen. Die Königstochter bescheidet den Sänger heimlich zu sich, er singt ihr noch die schönste seiner Weisen und sagt ihr die Werbung seines Herrn. Hilde zeigt sich willig, wenn ihr Horand am Abend und am Morgen singen werde. Horand versichert, sein Herr habe täglich bei Hofe zwölf Sänger, die weit schöner singen, am schönsten aber der König selbst.

Bald hernach nehmen die Gäste Abschied vom König; Hagen, ihr Herr, sagen sie, habe nach ihnen gesandt und Sühne geboten. Der König, mit Frau und Tochter, geleitet sie zu den Schiffen. Hilde, wie sie mit Horand besprochen, geht mit ihren Jungfrauen auf das Schiff, wo Frutes Kram zu schauen ist. Plötzlich werden die Anker gelöst, die Segel aufgezogen und die Gewappneten, die verborgen lagen, springen hervor. Der zürnende König und seine Mannen werfen umsonst ihre Speere nach; sie wollen zu Schiffe nacheilen, aber die Kiele werden durchlöchert gefunden. Die Gäste fahren mit der Braut dahin und schicken ihrem Herrn Botschaft voran.

Hetel macht sich mit seinen Helden auf und empfängt Hilden am Gestade. Auf Blumen, unter seidnen Gezelten, lagern sich die Jungfrauen. Aber Segel erscheinen auf dem Meere. König Hagen hat andere Schiffe ausgerüstet und fährt mit großem Heere der Tochter nach. Eine blutige Schlacht wird am Strande gekämpft. Hetel wird von Hagen verwundet, dieser von Wate. Hilde fleht für den Vater, da wird der Streit geschieden, der wilde Hagen versöhnt sich mit der Tochter und dem Eidam, und Wate, der von einem wilden Weibe Heilkunst gelernt, heilt auf Hildens Bitte ihren Vater und die anderen Verwundeten.

2. Gudrun. Hetel und Hilde gewinnen zwei Kinder, einen Knaben, Ortwin, und eine Tochter, Gudrun.[1] Als diese in das Alter kommt, in dem Jünglinge das Schwert empfangen, ist sie schöner als je die Mutter war, und mächtige Fürsten werben um sie. Siegfried von Morland,[2] vergeblichen Dienstes müde, zieht drohend ab. Hartmut, Sohn des Königs Ludwig von Normandie, sendet erst Boten nach ihr, denen sie versagt wird, dann kommt er selbst unerkannt an Hetels Hof. Er entdeckt sich Gudrunen, aber seine Schönheit hilft ihm nur soviel, daß die Jungfrau ihn wegeilen heißt, wenn er vor ihrem Vater das Leben behalten wolle. Auch Herwig von Seeland[3] wird verschmäht, doch er sammelt seine

---

[1] Die überwiegende Schreibung der Handschrift, Chandrun, führt auf eine mhd. Form Kûdrûn (die Länge des rûn ergiebt die Metrik); diese Form ist doch hier nur für den Titel des Epos benutzt, während der Personenname in der allgemeiner geläufigen älteren Form „Gudrun" (über diese s. S. 176) gegeben wird.

[2] Die Sage hat hier die Erinnerung an eine historische Persönlichkeit bewahrt, den Dänenfürsten Siegfried, der in Frankreich und den Niederlanden heerte und 887 im Kampfe gegen die Friesen fiel; als Anführer heidnischer Wikinger wird er nach dem Morland versetzt, da man diese Vorstellung von den Sarazenen auf alle Heiden übertrug.

[3] Ob sich die Sage darunter die niederländische Landschaft oder die dänische Insel vorstellte, oder gar nur eine Bezeichnung Herwigs als Seekönig dahinter steckt, ist unsicher.

Mannen, zieht vor Hetels Burg und bringt kämpfend ein. Gudrun sieht mit Lust und Leid, wie Herwig Feuer aus Helmen schlägt. Hetel selbst bedauert, daß ihm ein solcher Held nicht zum Freunde gegönnt war. Da wird Friede ge= stiftet und Gudrun dem Helden anverlobt; in einem Jahre soll er sie heimführen. Als Siegfried solches erfährt, fällt er in Herwigs Land ein; Hetel zieht dem künftigen Eidam zu Hilfe.

Während so das Land der Hegelinge von Helden ent= blößt ist, kommen Hartmut und Ludwig von Normandie mit Schiffmacht angefahren, brechen die Burg und führen Gu= drunen mit ihren Jungfrauen hinweg. Hilde schickt Boten an Hetel und Herwig, diese machen sogleich Frieden mit Sieg= fried, und er selbst hilft ihnen die Räuber zur See verfolgen. Auf einem Werder, dem Wülpensande,¹) halten Ludwig und Hartmut Rast, dort werden sie von den Hegelingen erreicht. In furchtbarer Schlacht fällt Hetel von Ludwigs Schwerte. In der Nacht schiffen die Normannen mit den Jungfrauen weiter.

Die Hegelinge kehren heim; durch großen Verlust ge= schwächt, müssen sie die Rache verschieben, bis einst die ver= waisten Kinder schwertmäßig sind. In Normandie wird Gudrun freudig empfangen, sie soll nun mit Hartmut Krone tragen. Aber sie hält fest an Herwig und wendet sich ab von dem, dessen Vater den ihrigen erschlagen. Gerlind, Hartmuts Mutter, verspricht ihm, der Jungfrau Hoffart zu brechen, indes er auf neue Heerfahrten zieht. Gudruns edle Jung= frauen, die sonst Gold und Gestein in Seide wirkten, müssen Garn winden und spinnen; sie selbst, die Königstochter, muß

---

¹) Eine Oertlichkeit mit dem Namen Wulpia ist in der Gegend der Schelde= mündung nachgewiesen.

den Ofen heizen, mit den Haaren den Staub abkehren, zuletzt
in Wind und Schnee am Strande Kleider waſchen. Hilde=
burg, auch eines Königs Tochter, mit Gudrun gefangen, teilt
freiwillig mit ihr die Arbeit.

Dreizehn Jahre vergehen, da mahnt Frau Hilde die
Helden an die Rache. Sie rüſten ihre Scharen und Schiffe.
Nach ſtürmiſcher Fahrt erreichen ſie die Küſte von Normandie
und landen unbemerkt an einem Walde. Herwig und Ort=
win, Gudruns Bruder, machen ſich auf, nach ihr zu forſchen
und das Land zu erkunden. Gudrun und Hildeburg waſchen
am Strande, da ſehen ſie einen ſchönen Vogel herſchwimmen.
Es iſt ein Bote von Gott, der ihnen mit menſchlicher Stimme
die nahe Ankunft der Freunde verkündet. Der Vogel ver=
ſchwindet und die Jungfrauen, von der Botſchaft ſprechend,
verſäumen ſich im Waſchen. Darüber werden ſie abends von
Gerlinden geſcholten. Am Morgen, als ſie wieder zur Arbeit
ſollen, iſt Schnee gefallen. Umſonſt bitten ſie die Königin
um Schuhe, barfuß müſſen ſie durch den Schnee zum Strande
waten. Unter dem Waſchen blicken ſie oft ſehnlich über die
graue Flut hin. Da gewahren ſie zwei Männer in einer
Barke. Ihrer Schmach ſich ſchämend, entweichen ſie, aber
die beiden, Herwig und Ortwin, ſpringen aus der Barke und
rufen ſie zurück. Vor Froſt beben die ſchönen Wäſcherinnen,
kalte Märzwinde haben ihnen die Haare zerweht, weiß wie
der Schnee glänzt ihre Farbe durch die naſſen Hemden.
Herwig bietet ihnen guten Morgen; ſolchen Gruß mußten
die Armen ſchon lange entbehren. Die Männer bieten ihre
Mäntel dar, aber Gudrun weiſt es ab. Noch erkennen ſie
einander nicht, obgleich die Herzen ſich ahnen. Ortwin frägt
nach den Fürſten des Landes und nach der Königstochter,
die vor Jahren hergeführt worden. Die ſei vor Jammer

gestorben, antwortet Gudrun. Da brechen die Thränen aus
den Augen der Männer. Doch bald wird ihnen Trost und
Wonne. Gudrun und Herwig erkennen, eines an des andern
Hand, die goldenen Ringe, womit sie sich verlobt sind, Herwig
schließt sie in seine Arme.

Dann scheiden die Männer, Hilfe verkündend, ehe morgen
die Sonne scheine. Gudrun wirft die Wäsche in die Flut;
nicht mehr will sie Gerlinden dienen, seit zwei Könige sie
geküßt und umfangen. Als sie zur Burg zurückkommt, will
Gerlind sie mit Dornen züchtigen. Gudrun aber erklärt,
wenn ihr die Strafe erlassen werde, wolle sie morgen Hart=
muts werden. Freudig eilt dieser herbei: Gudrun und ihre
Jungfrauen werden herrlich gekleidet und bewirtet. Die alte
Königin allein fürchtet Unheil, als sie Gudrunen nach drei=
zehn Jahren zum erstenmale lachen sieht. Reiche Miete
verheißt Gudrunen derjenigen ihrer Jungfrauen, die ihr den
Morgen zuerst verkünden werde.

Beim Aufgange des Morgensterns steht eine Jungfrau
am Fenster; mit dem ersten Tagesschein und dem Glänzen
des Wassers sieht sie das Gefild von Waffen leuchten und
das Meer voll Segel; eilig weckt sie Gudrunen: die Hege=
linge sind in der Nacht dahergefahren, die Kleider mit Blut
zu röten, die Gudrun weiß gewaschen. Wate bläst sein
Horn, daß die Ecksteine fast aus der Mauer fallen. In der
Schlacht, die jetzt vor der Burg beginnt, wird Ludwig von
Herwig erschlagen, Hartmut gefangen mit achtzig Rittern;
die andern alle kommen um. Wate erstürmt die Burg und
schont auch der Kinder in der Wiege nicht, damit sie nicht
zum Schaden erwachsen;[1]) Gerlinden, die sich zu Gudrunen

---

[1]) Wate befolgt damit eine altgermanische Klugheitsregel, sich vor Blut=
rache zu schützen; so rät Sigrdrifa dem Sigurd:

flüchtet, reißt er hinweg und ſchlägt ihr das Haupt ab, Ortrun
aber, Hartmuts Schweſter, die Gudrunen ſtets freundlich ſich
erwieſen, wird durch deren Fürbitte gerettet. Das Land wird
verheert, die Burgen gebrochen, Hartmut und Ortrun nebſt
großer Beute werden mitgeführt. Frau Hilde empfängt in
Freuden ihre Tochter; der lange Haß wird verſöhnt durch
Vermählung Ortwins mit Ortrunen, und Hartmuts, dem ſein
Land wiedergegeben wird, mit der treuen Hildeburg; Siegfried
von Morland erhält Herwigs Schweſter; Herwig aber führt
Gudrunen nach Seeland heim. [Uhland.]

B. Nordiſche Sagenform.

Die nordiſche Form der Sage lautet nach der
Snorra-Edda:

Ein König, der Högni genannt war, beſaß eine Tochter,
die Hildr hieß. Dieſe führte Hedin, der Sohn des Hjarrandi, fort, während Högni ſich zur Königsverſammlung be-
geben hatte. Als er nun erfuhr, daß ſein Land verheert und
ſeine Tochter Hildr geraubt war, zog er mit ſeinem Heere
aus, um Hedin zu verfolgen, und erhielt die Kunde, daß
er gen Norden ſich gewandt habe. Högni kam nach Norwegen
und vernahm hier, daß Hedin über das Weſtmeer nach den
Orkneys geſegelt ſei; und als er nun dorthin zu der Inſel
Häey gelangte, fand er daſelbſt den Hedin mit ſeinem Volk.

Hildr begab ſich nun zu ihrem Vater und bot ihm im

Das rat ich zum zehnten: fein Recke vertraue
auf Eide [d. h. Sühneeide] vom Erben des Wolfs, [= des erſchlagenen
Feindes]
dem den Vater du ſchlugſt oder fälltest den Bruder:
ein Wolf erwächſt dir im Sohn,
wenn er willig auch Wergeld nahm.
(Sigrdrifumál Str. 35, nach Gerings Ueberſetzung.)

Namen Hedins Vergleich[1]) an: „Willst du das aber nicht,“
sagte sie, „so ist Hedin zum Kampf bereit, und keine Schonung darfst du von ihm erwarten.“   Högni gab seiner Tochter
eine rauhe Antwort, und als sie zu Hedin zurückkam, sagte
sie ihm, daß ihr Vater sich auf keinen Vergleich einlassen
wolle, er möge sich also zum Streite rüsten.   Das thaten
nun beide Teile; dann gingen sie ans Land und stellten ihre
Scharen in Schlachtordnung.   Da rief Hedin seinen Schwieger-
vater Högni an und bot ihm Vergleich und vieles Gold zur
Buße; Högni aber antwortete: „Zu spät botest du mir das,
denn nun habe ich mein Schwert Dáinsleif aus der Scheide
gezogen, das von Zwergen geschmiedet ist und jedesmal einem
Manne den Tod bringt, wenn es entblößt ward; nie wird
ein Hieb vergeblich mit ihm geführt, und nimmer heilt die
Wunde, die es geschlagen.“   Hedin antwortete: „Du rühmst
dich des Schwertes, doch noch nicht des Sieges; ich nenne
jedes Schwert gut, das seinem Herrn treu ist.“   Darauf be-
gannen sie die Schlacht, die der Hjadninge Unwetter
genannt wird, und kämpften den ganzen Tag; am Abend
aber begaben sie sich zu ihren Schiffen.   In der Nacht ging
Hildr hin und erweckte durch Zauberei alle die Männer, die
am Tage zuvor gefallen waren.   Am nächsten Morgen gingen
die Könige wieder ans Land und stritten, und mit ihnen alle,
die am vorigen Tage gefällt waren.   So ward die Schlacht
fortgesetzt, einen Tag nach dem andern, und alle Männer,
die fielen, und die Waffen, die auf dem Schlachtfelde lagen,
wurden zu Stein, nicht minder auch die Rüstungen.   Sobald
es aber tagte, standen alle die Toten wieder auf und kämpften,
und so, heißt es in Liedern, wird es fortgehen bis zur Götter-
dämmerung.[2])

---

[1]) Nach anderer Lesart und bei Bragi: einen Halsschmuck zur Sühne.
[2]) Nach der Uebersetzung Gerings.

III. Sichtung der Sage.

Vergleicht man die nordische Form der Sage mit der deutschen, so fällt zunächst auf, daß sowohl die Vorgeschichte von der Jugend Hagens als auch der 2. Teil der Sage fehlt; von der Vorgeschichte kann ganz abgesehen werden, da sie deutlich ein junger Anwuchs der Sage ist, der deutschen Spielleuten seinen Ursprung verdankt und freie Erfindung ist; für die Sagengeschichte kommen nur die zwei Hauptteile des Gedichtes in Betracht, „Hilde“ und „Gudrun“, von denen der zweite vorerst bei Seite gelassen werden muß, da er in dieser Form außerhalb des Epos nicht bezeugt ist.

A. Hildesage.

In der Hildesage, wie sie in der Edda und dem Epos Kudrun erzählt wird, stimmen zunächst die Namen: Högni ist Hagen, Hedin ist Hetel, Hildr Hilde; nicht genau lautlich entspricht Hjarrandi Horand, und auch seine Stellung ist verschieden; zwar kennen sowohl die Angelsachsen wie die Skandinavier einen berühmten Sänger Heorrenda — Hjarrandi, doch ist es zweifelhaft, ob man ihn mit dem Vater Hedins für identisch halten soll.

Sieht man von dem Unterschiede in der Werbung ab, so stimmen auch die Thatsachen: Hedin=Hetel entführt Hildr=Hilde, der Vater Högni=Hagen setzt nach, es kommt zu einem Kampfe zwischen Vater und Eidam: in der deutschen Form endet er mit der Versöhnung, in der nordischen tragisch und spielt in die Mythologie hinüber. Für diesen heidnisch= mythischen ewigen Kampf war natürlich in dem christlichen Zeitalter in Deutschland kein Platz, er mußte wegfallen; daß aber die Sage ursprünglich auch in Deutschland tragisch endete, beweist ein wichtiges Zeugnis in Lamprechts Alexander, wo ein Kampf auf dem Wülpenwerder erwähnt wird, in welchem Hildes Vater, Hagen, von Wate erschlagen wurde, wo also dieselbe Sagenform vorausgesetzt wird, die im 1. Teile des Epos vorliegt,[1]) der Kampf zwischen Hagen und Wate aber nicht mit bloßer Verwundung Hagens, sondern mit seinem Tode endet.

So also ging die Sage um 1130; wenn wir sie etwa hundert Jahre später im Epos mit verändertem Ausgang wiederfinden, so ist die Ursache der Veränderung eine doppelte; einerseits ist es ein allgemeiner Zug jüngerer Perioden, die alte Tragik der Heldensage zu mildern,[2]) andrerseits hat sich an die Hildesage eine neue, die Gudrunsage, angeschlossen, und diese Verbindung forderte einen anderen Abschluß der Hildesage als den tragischen.

Die Hildesage hat also, wie uns das Zeugnis Lamprechts lehrt, auch in Deutschland selbständig bestanden, und ist daher abgesondert von der Gudrunsage zu betrachten.

In dem ewig erneuten Hjadningen-Kampfe ist zweifellos ein mythisches Element enthalten, und er ist die Heroisierung eines beständig sich erneuernden Natur-vorganges (Wechsel von Tag und Nacht); noch deutlicher ist das Mythische, wenn ein isländischer Bericht die Göttin Freyja (gemeint aber ist Frigg) selbst zur Anstifterin dieses ewigen Hjadningenkampfes macht, um dadurch Odin zu versöhnen, der ihr über die Untreue zürnt, die sie begangen, um den kostbaren Halsschmuck, das Brisingamen, zu erlangen;

---

[1]) Ueber das abweichende Lokal der Schlacht s. S. 176.
[2]) Vgl. das alte und junge Hildebrandslied S. 100.

andere Mythen berichten von einem Kampfe Heimballs mit
Loki um das von letzterem gestohlene Halsband (= die Sonne[1]).
Auch Hilbr ist in der Erzählung der Edda die Kampfreizerin,
sie hetzt beide Könige gegen einander auf, und ein Halsband
muß ebenfalls eine wichtige Rolle hiebei gespielt haben, wie
die Anspielung, die freilich bereits dunkel und unverständlich
geworden ist, barthut.   Müllenhoff sah daher in der Hilbesage
eine episch gewordene Vermenschlichung des Halsbandmythus.

    Jedenfalls ist in der Erzählung der Snorra-Edda nichts
mehr mythisch als der Ausgang; die episch gewordene
Erzählung spiegelt nur mehr Zustände, wie sie bei
den seeanwohnenden germanischen Stämmen in der Wikingerperiode bestanden, und Begebenheiten, die sich leicht und oft
ereignen mochten.   Bei welchem Volke die Sage zuerst in
ihrer epischen Form ausgeprägt wurde, läßt sich nicht sicher
entscheiden, wenn auch manches für einen nordgermanischen
(skandinavischen) Stamm spricht; noch im mhd. Epos entspricht die Vorstellung von Hetels Reich dem geographischen
Vorstellungskreise der dänischen Wikinger des 9. bis 10. Jahrh.
Der Hjadningenkampf, den die Isländer auf einer der Orkneys, der Däne Saxo Grammaticus auf der Insel Hiddensee
bei Rügen lokalisierten, wurde in den Niederlanden an die
Scheldemündung, auf den Wülpenwerder verlegt.[2]   In Niederdeutschland kam auch Wate[3]) in die Sage, ein norddeutscher
Meerriese, in dessen vermenschlichter Gestalt noch deutlich
dämonische Züge durchleuchten: „wenn er in das Horn stößt,
erbebt das Land, das Meer braust auf, und Mauern drohen
umzusinken".

---

[1]) Vgl. DM[3], unter „Die Göttinnen".
[2]) Siehe das Zeugnis Lamprechts.
[3]) Der Name hängt mit „waten" zusammen. Vgl. S. 99.

B. Gudrunsage.

Von der Gudrunsage aber weiß der skandi=
navische Norden nichts, nur das bayrisch=österreichische
Epos erzählt sie uns; gleichwohl kann die Sage
nicht oberdeutsch sein, da schon der Name der Heldin
auf Niederdeutschland führt: oberdeutsch lautet der Name
Kuntrûn, Kundrûn oder Guntrûn,[1]) entsprechend einem
urgermanischen Gunþ-rûn ["Kampf" und „Rune"]: im
Friesischen und Sächsischen wird daraus Gûdrûn, also jene
Form, welche der im Epos gebrauchten zu Grunde liegt.

Das Fehlen aller Zeugnisse für eine selbständige
Gudrunsage im Verein mit ihrer auffallenden Aehnlich=
keit mit der Hildesage deutet darauf, daß sie erst aus der
Hildesage weitergesponnen ist; ein äußerer Beleg
hierfür liegt darin, daß die Schlacht um Hilde, die in der
alten Sage am Wülpenwert stattfand, ihr Lokal an die
jüngere Sage abtreten mußte. Neben den Aehnlichkeiten:
Entführung der Heldin, Nachsetzen des Vaters, Kampf, in
dem der Vater fällt, stehen aber Abweichungen: Hilde
folgt freiwillig ihrem Geliebten, Gudrun wird von einem
ungeliebten Manne ihrem Verlobten geraubt, duldet lange
Jahre harte Gefangenschaft, und wird endlich durch einen
Rachezug wieder befreit.

Für diese Abweichungen ist die Anlehnung an einen
anderen Sagentypus maßgebend gewesen, in welchem die
Nebenbuhlerschaft zweier Werber die Hauptrolle spielt. Ein
glücklicher Zufall hat uns diese Sage unter seltsamen Um=
ständen gerettet. Ein schottischer Reisender zeichnete im

---

[1]) Vgl. Gunt-her, Hilde-gunt.

Jahre 1774 auf der Shetlandinsel Fowl aus dem Munde eines alten Bauern eine Ballade auf, die in nordischer Sprache gedichtet war und als Begleitung zum Tanze gesungen wurde;[1]) seitdem ist die nordische Sprache auf den Shetlands völlig zu Grunde gegangen und der englischen gewichen.

Diese Shetlandsballade erzählt: Um Hilbina, die Tochter eines norwegischen Königs, freit ein vornehmer Mann namens Hilugi, sie aber liebt einen Orkney-Jarl und flieht mit ihm nach den Orkneys, während der Vater und Hilugi auf einem Kriegszuge abwesend sind; als diese die Flucht erfahren, setzen sie dem Entführer nach, es kommt zum Zweikampf zwischen Hilugi und dem Jarl, der Jarl fällt, und Hilugi wirft sein Haupt mit harten Schmähungen Hilbina vor die Füße. Hilbina muß ihm nach Norwegen folgen, doch in der Hochzeitsnacht betäubt sie alle durch einen Schlaftrunk, läßt ihren Vater hinaustragen und zündet das Gästehaus an. Hilugi erwacht beim Prasseln der Flammen und bittet um Gnade, doch Hilbina erinnert ihn an seine Härte, als er ihr das Haupt des Geliebten zuschleuderte, und läßt ihn verbrennen.

Diese Sage mit ihrer erschütternden Tragik ist ein echtes Erzeugnis der Wikingerzeiten, durchaus nur poetisches Bild der Wirklichkeit, ohne mythischen oder historischen Hintergrund. Sie — oder ein ähnlicher Typus — ist in Niederdeutschland durch Wikinger bekannt geworden, und hat auf die Ausgestaltung der Gudrunsage eingewirkt, indem sie ihr das Nebenbuhlermotiv lieh, das entsprechend den anderen Verhältnissen umgewandelt wurde, indem der Entführer und Verfolger ihre Rollen tauschen: im Epos ist Herwig der

---

[1]) Vgl. die färöischen Tanzlieder S. 77 und 116.

Geliebte, Hartmut der Verschmähte, doch ging diese Aen=
derung nicht ganz ohne Widersprüche ab, noch im Epos
leuchtet hier und da das umgekehrte Verhältnis durch; auf
nähere Besprechung der Einzelheiten muß hier verzichtet
werden.

Die Sagenkritik ist also zu dem (fast allgemein ange=
nommenen) Ergebnis gelangt, daß die Gudrunsage eine nieder=
deutsche Neubildung, entstanden aus zwei vermutlich skandi=
navischen Sagen, ist, indem die Hildesage fortgesponnen und
durch Anlehnung an eine andere Sage, die Nebenbuhlersage,
umgestaltet worden ist. Wo diese Sagenbildung vor sich
ging, ist nicht auszumachen, gepflegt wurde die Sage jeden=
falls in Niederfranken, aber der Name der Heldin weist auf
friesisches¹) Gebiet, ebenso die Erinnerung an Siegfried
(s. S. 167 Anm. 2).

Die Hilde = Gudrunsage wanderte rheinaufwärts nach
Oberdeutschland, und war um 1100 in Bayern bekannt: seit
jener Zeit tritt nämlich dort der Name Kudrun (also die
teilweise noch niederdeutsche Form) für das oberdeutsche Kund=
run als Taufname auf; auch die Umänderung des Namens
Hetelingen (= Hjaðningar), d. h. das Volk Hetels, in
Hegelingen erklärt sich aus der Anlehnung an einen bay=
rischen Ort Hegelingas (in Tegernseeer Urkunden), heute
Högling. In Bayern oder Oesterreich erfuhr sie auch ihre
schönste dichterische Gestaltung; aber festen Fuß im Volke zu
fassen und allgemeine Verbreitung zu gewinnen vermochte die
Seesage im Binnenlande nicht; während die altheimische
Siegfried= und Dietrichsage noch bis in das späte Mittel=
alter üppig fortwuchernde Tradition aufweisen, wird kaum

---

¹) Auch sächsisch könnte die Form sein, aber in der Thidrekssaga, dem
großen und umfassenden Sammelwerke sächsischer Sagen findet sich keine Spur
von einer Gudrunsage.

ein paarmal in der Dichtung des Mittelalters auf das Epos
angespielt, und einer einzigen späten Handschrift verdanken
wir die Bewahrung dieses Kleinodes unserer mittelhoch=
deutschen Dichtung. Umso merkwürdiger ist ein Nachklang
der Gudrunsage in Volksliedern der deutschen Sprachinsel
Gottschee in Krain, die (noch heute in verschiedenen
Fassungen gesungene) Ballade von der schönen
Meererin.') Die schöne junge Meererin (Meeranwoh=
nerin) ist sieben Jahre von der Heimat getrennt und muß
im fremden Schlosse Magddienste verrichten. Am frühen
Morgen wäscht sie am Strande Wäsche, da naht ein
Schifflein mit zwei Männern. Sie rufen ihr zu: „Guten
Morgen, schöne Meererin!" Sie dankt und spricht traurig,
gute Morgen habe sie gar wenig. Einer der Fremden reicht
ihr einen Ring und spricht: „Nimm hin, du schöne
Meererin!" Sie erwidert, sie sei nicht die schöne Meererin,
nur eine arme Wäscherin. Da antworten ihr die Fremden:
„Du bist doch die schöne Meererin", setzen sie in ihr Schiff
und führen sie über das breite Meer heim, wo sie gehalst
und geküßt wird; der Bruder und der Geliebte waren es,
die sie heimgebracht. Die Aehnlichkeit mit der entsprechenden
Scene des mittelhochdeutschen Epos erstreckt sich sogar auf
Worte (vgl. den Morgengruß Herwigs S. 169), und so kann
kein Zweifel sein, daß diese Ballade aus der mittelhoch=
deutschen Dichtung entsprungen ist; nur die Namen sind in
Vergessenheit geraten (Hauffen). Das Lied hat um so größeres
Interesse, als es der einzige im deutschen Volksgesange noch
heute lebende Rest der alten Heldensage und Heldendichtung

') Zuerst veröffentlicht von K. J. Schröer, jetzt in allen erreichbaren
Varianten gesammelt und herausgegeben von A. Hauffen, Die deutsche Sprach=
insel Gottschee, Graz 1895, S. 245 ff.

ist. Ein eigenartiger Zufall hat es gefügt, daß die süd=
germanischen Sagen, in ihrer Heimat längst vergessen, auf
den meerumbrausten Färöern ihre letzten Ausklänge in
lebendem Volksgesange gefunden haben, während die alte
Nordseesage in den Karstthälern, im äußersten Süden ger=
manischer Siedelungen leise, aber noch vernehmbar nachklingt,
ein bedeutsamer Ausdruck für den gemeinsamen Anteil der ger=
manischen Stämme an dem alten Horte der Heldensage.

Register.

I. Schriftwerke und Verfasser.

(Die Zahlen beziehen sich auf Seiten.)

II. Personen der Sage.

(Abkürzungen: NS Nib.-S.; DS Dietr.-Sage; WS Walther-S.;
WdS Wieland-S. 2c.

---

*) Mhd. V = F

**) Hier sind auch die nordischen (und angelsächs.) Namen mit V (im norb. und agl. = W) eingereiht.

Berichtigung: S. 43 und 46 l. „Liudegaſt.“

www.ingramcontent.com/pod-product-compliance
Lightning Source LLC
Chambersburg PA
CBHW031105020726
47495CB00007B/2056